ÉLOGE
DE LA PLAGE

Du même auteur

Dans la forêt du hameau de Hardt, éditions de l'Ogre, 2019.

De parcourir le monde et d'y rôder, Christian Bourgois éditeur, 2020.

Gloria, gloria, Christian Bourgois éditeur, 2023.

Grégory Le Floch

ÉLOGE DE LA PLAGE

Rivages

Retrouvez l'ensemble des parutions
des Éditions Payot & Rivages sur

payot-rivages.fr

Collection dirigée par Émilie Colombani

TROUVER UN LIEU

J'écris sur la plage. Au bord de l'eau, les rochers sont noirs. Il y a des croûtes de sel dans les cavités et des anémones rouges. J'écris sur la plage à propos de la plage. Les vagues font leur bruit habituel de vagues. Il faudra que je parle de ce bruit, mais pas maintenant. Plus tard.

Il est à peu près cinq heures de l'après-midi. Ici, on ne regarde pas sans cesse l'heure comme on le fait en ville. On dit : « Il doit être quatre heures », ou alors : « On ne doit pas être loin de six heures. » Certains regardent le soleil et annoncent une heure approximative, les autres se fient à l'instinct. On peut toujours se tromper. La plage, ce n'est ni l'usine, ni le magasin, ni la salle de classe. Il n'y a pas de mur avec une pendule, pas d'écran d'ordinateur, pas de clocher vous indiquant l'heure exacte. Tous les baigneurs sentent au fond d'eux que c'est idiot d'affirmer : « Il est 16 h 57. » Car, sur le sable, il n'y a plus d'heure. C'est pour cela qu'on y vient. Le temps se perd dans les rouleaux, il devient circulaire.

On pourrait certes découper et compter le temps en vagues, en marées, en coups de soleil ou en grains de sable qui volent. Mais on ne préfère pas. On laisse le temps aller.

Aujourd'hui, j'écris sur une plage étonnante. Je suis à Pantelleria, une île volcanique au sud de la Sicile. Dans mon dos, les restes d'un cratère s'élèvent comme une petite montagne. Ses lèvres sont émoussées, il ne fait plus peur. Il y a quelques millénaires il a recouvert l'île d'immenses langues de lave qui ont coulé jusqu'ici, dans la mer. Pendant des semaines, l'eau et le feu ont lutté ensemble sous des colonnes de fumée. La lave a finalement perdu le combat. Elle a durci, elle est devenue noire comme la nuit. Et la lave s'est faite plage.

Sur la carte, elle porte le nom de Karace. Dans son duel avec l'eau, la lave s'est tordue par endroits comme une bête enragée. Ce devait être effrayant sur le coup. À présent, c'est beau comme un étalage de rubans sombres dans la vitrine d'une mercerie. Dans ses torsions, la lave a dessiné des arabesques, des piscines, des hamacs, des nids. Pour moi, elle a fait des sièges, des tablettes et des bureaux, propices à l'écriture.

J'aime les plages noires. À Stromboli, en Islande ou à Bali, on peut s'allonger sur un sable sombre comme la nuit. Noir comme du charbon. Il est le résultat de l'érosion de roches volcaniques. L'expérience est surprenante, le cerveau peine à s'adapter. Certains détestent, d'autres, comme moi, y vivent un ravissement. Si le noir ne vous convient pas, ce n'est pas grave. Il existe dans le monde une infinité de couleurs de sable. Rouge sur l'île iranienne d'Ormuz. Violet en Californie. Vert à Hawaï. Rose à Komodo. Blanc en Australie. Phosphorescent aux Maldives. Et tous ces ocres, ces bruns, ces reflets dorés, nacrés, ambrés donnent au rivage des nuances de miel et de safran.

La couleur est une question de géologie. Le vert provient d'un dépôt de cristaux d'olivine, le violet de l'érosion du manganèse, le rouge de l'hématite, le rose de la coquille des foraminifères, petits organismes qui vivent sur les coraux et viennent mourir sur la plage. Le sable phosphorescent, quant à lui, est une merveille de la nature, mais il n'a rien à voir avec les roches qui le composent. Ce phénomène ne s'observe qu'à la nuit tombée, lorsque des dinoflagellés, de la famille du plancton, s'échouent sur le rivage et, par l'action d'une enzyme, l'illuminent de milliers de guirlandes bleues et scintillantes.

La plage est un espace de féerie. Je ne l'ai malheureusement pas compris tout de suite. J'y suis arrivé comme un débris rejeté non pas de la mer mais de la terre, poussé sans cesse par de nouvelles vagues de bitume.

Me viennent à l'esprit des images de Malua Bay Beach, en Australie. La scène se passe à l'été 2020. Les gens ne sont pas en maillot de bain, ils sont habillés, debout, le visage raviné par la peur. Plus de mille, tassés sur le sable. J'ai vu cette photo sur Internet. Derrière eux, un mur de fumée. Des flammes. Leurs maisons, leurs voitures, toute la ville brûle. L'incendie s'est fait monstre. L'article explique que les habitants ont été pris au piège : impossible de s'échapper par les routes déjà en feu, ils ont dû courir vers la côte, dernier refuge, avec leurs chats, chiens, oiseaux et chevaux. En regardant les vidéos, on entend le vent qui tourbillonne, les aboiements, les cris de perruches, les pleurs d'enfants. Ils attendent qu'on vienne les sauver sur cette ultime bordure du monde. À Malua Bay, la mort rôde partout, sauf sur la plage. Elle est devenue un asile et les baigneurs d'hier, les réfugiés d'aujourd'hui.

La plage a bien voulu m'accueillir. J'ai la conviction que chaque écrivain doit trouver un lieu pour écrire – son lieu. C'est l'une des questions importantes auxquelles il doit répondre. Tout le reste, le style, l'agencement des mots, l'intrigue, dépend de sa capacité à trouver ce lieu. Tant qu'il ne l'a pas fait, l'œuvre ne naîtra pas, elle restera coincée, engluée quelque part entre sa tête, son cœur et son ventre.

L'écrivain est comme une chatte pleine qui s'agite, tourne et explore chaque recoin de la maison pour trouver le refuge idéal où mettre bas. Dans la maison de mes parents, au fil des années, plusieurs chattes au ventre rond se sont ainsi réveillées un matin, l'esprit tout à coup occupé par cette idée fixe : trouver un lieu.

J'aimais les observer, les suivre de loin sans chercher à interférer dans leur quête. Elles furetaient dans des endroits où elles n'allaient jamais d'habitude comme la salle de bains ou le cellier. Rien d'autre n'existait pour elles et je ressentais chaque fois le même émerveillement devant cet instinct qui se met en branle.

J'observais avec mes yeux d'enfant et j'apprenais. Aucune chatte ne cédait aux tiraillements de la nature en acceptant de faire naître ne serait-ce qu'un chaton sans avoir découvert au préalable l'endroit qu'elle jugeait adéquat, ignorant les contractions et les appels douloureux à s'étendre sur le sol aussi longtemps que sa quête n'était pas accomplie.

À quoi reconnaissaient-elles l'abri idéal ? Je n'en ai qu'une idée floue. Chacune en avait une définition personnelle : le fond de mon lit, derrière les coussins du canapé, entre les plateaux repliés de la table de ping-pong… L'instinct est toujours mêlé d'une part importante de personnalité et d'imagination. Elles choisissaient des lieux que nous étions bien en peine de nommer autrement que par d'étranges formulations et nous disions : « Elle se prépare à accoucher derrière l'ordinateur, entre le mur et les fleurs. » Les chattes inventaient, elles créaient leur espace et l'annonçaient à toute la maisonnée par un chant étrange fait de roucoulements et de miaulements mélangés. Le travail pouvait commencer.

Je fais la même chose, sans l'instinct. J'ai longtemps cherché en vain où écrire. Sur le canapé : non. Dans le lit : non. Dans tel ou tel fauteuil : non. Les pieds au sol : non. Les pieds sous les fesses : non. J'ai compris que ce serait impossible chez moi. J'écoute les bruits, guette les pas qui vont et viennent. Je sens à tout moment qu'on pourrait me surprendre et me débusquer. Alors, écrire à l'hôtel ou dans un parc désert : non. À la terrasse d'un café : non. Écrire la nuit : encore non.

Une voix en moi disait : « Toi qui voulais être écrivain, il faudra faire autre chose de ta vie. » Ce fut douloureux. Je n'avais pas la volonté féroce de la chatte. J'écrivais des choses par-ci par-là qui se couchaient avec mollesse et étrangeté sur le papier comme des demi-chatons avortés. J'ai lu quelque part que les femelles d'un certain type d'insectes volants (ne me demandez pas plus de précisions), lorsqu'elles ne trouvent pas d'endroit où pondre, sont condamnées à laisser leurs œufs éclore en elles, dans leur abdomen et leurs chairs, devenant tout à la fois berceau et garde-manger pour leur progéniture. Pour éviter de finir moi aussi dévoré de l'intérieur, j'ai laissé venir au monde des idées aux contours flous, dont je me débarrassais assez vite.

Puis arriva l'été 2016. Avec Christophe, nous sommes allés en Italie. J'avais emporté avec moi un cahier 21 × 29,7 et un stylo Bic. Nous avons descendu le long de la côte ouest, visitant les Cinque Terre, Capri, Amalfi. Notre enthousiasme était frénétique et je n'ai pas pensé à écrire une ligne. Nous marchions, dévorant les paysages, brûlant nos peaux sous le soleil. Le soir nous tombions de fatigue, le matin une envie de dévoration nous réveillait. Notre route allait vers le sud. Nous avons loué une petite maison en Calabre, en haut d'une falaise qui tombe dans la mer. C'est là que j'ai trouvé le lieu.

Depuis la maison, un sentier creuse en zigzag la falaise pour rejoindre une plage de galets rendue inaccessible de part et d'autre de la côte par de hauts rochers. Le seul autre moyen d'y parvenir est par bateau. Nous y avons été seuls pendant deux semaines. À Capo Vaticano, tout est blanc. Le sable, les galets, les falaises, le soleil, la mer. Les yeux grands ouverts, la lumière aveugle, et l'on peine à distinguer quoi que ce soit dans ce monde recouvert d'un manteau de neige. Les yeux fermés, le spectre du rivage persiste. On ne peut plus le chasser, la rétine est à jamais tatouée. Seules nos deux silhouettes de corps hâlés se détachent encore de ce monde immaculé. Plein sud : la chaleur enveloppe et enivre. Il faut se donner tout entier.

Dès le premier jour, la plage a déployé en moi tous ses pouvoirs. Je me suis assis sur un rocher et j'ai regardé. Quand on regarde longtemps une plage, l'œil se perd, c'est inévitable. Cela fait partie de son essence. Le monde matériel s'éloigne, les nuances s'étalent en lavis comme si la pierre et le ciel fondaient l'un dans l'autre. On est englouti.

Ce jour-là, dans ma contemplation, je suis devenu fruit de mer, coquillage de Vénus. J'ai quitté mon corps pour devenir la plage elle-même. On ne peut pas parler de transe, l'expérience est bien plus douce, même si le bruit mêlé du vent et des vagues rappelle la musique percussive des sorciers chamaniques. Son bruit enivre mais sans violence ni contorsion du corps. On finit par se demander d'où il vient. Du sable ? Du ciel ? De notre propre tête ?

Longtemps la grève s'est diluée devant moi – et je me suis dilué en elle jusqu'à ce que la plage se fasse page. À ce moment-là, j'ai sorti de mon sac un cahier et j'ai écrit.

Le mécanisme s'enclenche. La machine s'ébranle. Sur la plage je pense souvent aux sculptures de Jean Tinguely, des constructions faites de roues, de câbles et de métal qui tournent, s'agitent et vrombissent. Rien de moins évident pourtant que d'associer un paysage marin à des rouages. Mais ils ont tant en commun. Tinguely sculpte le mouvement, la lumière, le son, le magnétisme. Il faut voir ses « Méta-matic », des machines faites pour dessiner, constituées de tôle, d'une courroie en caoutchouc et d'un moteur électrique que le public peut actionner lui-même. Une pression sur un bouton et la mécanique prend vie : l'automate se met à dessiner sur une page blanche. C'est étrange, poétique, hasardeux. Le dessin est chaque fois différent, inédit, car l'engrenage dans son mouvement libre laisse place à la surprise. Il faut fermer les yeux devant un tel engin et écouter. Frottements, grincements : la régularité envoûte, le bruit se fait rythme et musique. On pense aux vagues.

Les « Méta-matic » de Tinguely produisent des dessins, la plage dans mon cas produit des images, des couleurs, des sensations. Tout un enchantement.

Alan Pauls, auteur argentin d'un essai intitulé *La Vie pieds nus*, emploie une formule intéressante. Pour lui, « en tant que surface neutre et absorbante, [la plage est l'] espace-écran par excellence ». Elle sait s'effacer pour accueillir en son sein, comme projetées sur un écran de cinéma gigantesque, les images qui nous habitent et qui partout ailleurs sont brouillées par la saturation d'un monde qui s'agite. Il faut observer longtemps la plage et la laisser fondre. Elle ne demande que cela : disparaître en vous. Le vent comme un grand pinceau brosse vous y aide volontiers en balayant d'un même mouvement horizontal le ciel, la mer, le sable. Il les étire et les confond.

Peut-être l'agitation du monde, son débordement, son trop-plein permanent, empêchait chez moi l'émergence de toute idée. La plage est aux antipodes du monde. Elle n'impose rien, ne dit rien. Elle laisse la place à votre esprit de se déplier, membrane après membrane, image après image. Rien ne viendra s'intercaler entre vous et elle parce que :

> *[…] la plage – toute plage – est toujours vierge – de même que toute île est toujours déserte –, peu importe qu'elle soit loin de son passé primitif et colonisée par le modèle capitaliste d'exploitation du temps libre. Si elle est toujours vierge, c'est parce que cette virginité n'est plus un état naturel susceptible d'être préservé ou dégradé, entretenu ou altéré, mais un concept. Aujourd'hui plus que jamais, la plage trouve dans la virginité un facteur autrement plus significatif qu'un simple état de perfection : elle trouve son Idée*[1].

Un homme vient d'arriver sur la plage de Karace. Il avance, mains dans les poches, observe l'endroit. Il me dépasse avant d'être à demi dissimulé par une crête rocheuse. L'homme s'est fait ermite. À ses gestes, je

1. Alan Pauls, *La Vie pieds nus*, Paris, Christian Bourgois éditeur, p. 26.

devine qu'il pose sa serviette sur le sol, mais il reste debout et regarde la mer.

Ce n'est pas la première fois que je vois ce genre de personnes, la plupart du temps seules, qui viennent à la plage pour fixer le large. J'imagine qu'au terme d'une dizaine de minutes leurs yeux ne voient plus ni le ciel ni la mer, leur esprit s'est envolé au loin. De temps à autre, j'arrête d'écrire pour me tourner vers lui. Il ne bouge pas. Je sais qu'il partira sans avoir utilisé sa serviette ni s'être baigné. Il est venu pour autre chose, je le devine, j'ai fait la même expérience que lui sur la plage de Capo Vaticano.

Éternellement vierge, plus vierge que le pôle Sud ou les confins de l'Amazonie, l'image de la plage s'évapore. Les parasols s'effacent, les enfants bruyants se dissipent dans les airs. Ne reste plus en nous qu'une sensation délicieuse, légère, et difficilement accessible ailleurs : « la vacance de la pensée[1] ».

---

1. Agnès Derail-Imbert, « La philosophie à la plage », *Études anglaises*, vol. 59, n° 3, Paris, Klincksieck, 2006, pp. 304-318.

Face à l'immensité de la mer, le cerveau cesse d'être la turbine de tous les jours. Ses pales s'immobilisent – et le vide, aussi vaste que l'océan, entre en nous. Il se dilate et gagne le cerveau. Remplir nos pensées d'un vide colossal, c'est sûrement l'attitude la plus sage qui soit. C'est ce que fait l'homme debout sur la plage de Karace. Il remplit son âme de vide. Puis il partira, il retournera dans le monde. Mais il reviendra, ici ou ailleurs, car la plage est indispensable pour ces êtres qui ont besoin de défroisser et d'aplanir leur esprit jusqu'à l'horizon.

Chacun a déjà fait cette expérience du vide à la plage. Certains s'en contentent, d'autres vont plus loin et le transforment comme Alan Pauls en écran. Parmi ces gens-là, il y a les peintres, les cinéastes, les écrivains. Je vais à la plage comme j'irais dans une salle de cinéma intérieur : je viens voir les images qui grouillent en moi et qui partout ailleurs restent pour moi invisibles.

INVENTER LA PLAGE

Que font les gens à la plage ? Si l'on observe bien, une faible proportion d'entre eux est dans l'eau. On n'y va pas nécessairement pour nager. Je regarde Christophe. Il lit un peu, se promène beaucoup, prend énormément le soleil. Sa serviette voyage avec lui. Il migre le long de la plage alors que je reste ancré au même endroit, essayant toutes sortes de contorsions pour pouvoir écrire. Christophe marche vite en ville. Il double les passants sur les trottoirs, descend quatre à quatre les marches du métro. Ici, ses longues jambes se détachent l'une de l'autre avec élégance et lenteur. Il va partout avec sa caméra et capture des images innombrables. Le lendemain, quand nous regardons le résultat, je ne reconnais jamais rien du lieu où nous étions et qui a changé de visage dans les yeux de Christophe. Il filme toujours en plan serré les algues, les rochers, le bois flottant, le miroitement de l'eau, mon dos. Tout cela se transforme sur l'écran en créatures belles et inquiétantes.

Nous restons longtemps sur le sable. Plusieurs heures. Nous y parlons peu alors que dans la vie nous parlons beaucoup. Les mots s'éteignent ici : nous sommes l'un comme l'autre occupés par la plage.

J'aime regarder ce que les gens y font. Dans leurs gestes, je trouve un naturel, une spontanéité qui laisserait croire que nous la fréquentons depuis la nuit des temps. Et pourtant, bronzer, s'allonger sur une serviette, jouer dans le sable en maillot de bain sont des occupations récentes dans l'Histoire. Les contemporains du XVIe siècle ne se baignaient pas, ceux du XVIIe ignoraient ce qu'était un maillot de bain. La plage, telle que nous la connaissons, telle que nous la vivons, est donc, selon le mot d'Alain Corbin dans *Le Territoire du vide. L'Occident et le désir de rivage*, une « invention[1] » humaine.

---

1. Alain Corbin, *Le Territoire du vide. L'Occident et le désir de rivage*, Paris, Flammarion, coll. « Champs histoire », 2018.

LA PLAGE AUX FOUS

Les premiers à fréquenter les plages sont les fous et les névrosés. Cela peut paraître étrange mais je ne suis pas surpris. Les fous ouvrent très souvent la voie. Ce sont eux qui débusquent la beauté, traquent les visions, malaxent et triturent la vie au péril de la leur jusqu'à ce que nous y percevions, nous autres, une petite trace de lumière.

C'est à Brighton, ville côtière anglaise qu'on a eu l'idée au milieu du XVIIIe siècle d'ouvrir la première maison de santé balnéaire. L'établissement fut bâti près de la plage selon l'idée révolutionnaire que le bain de mer, administré comme thérapeutique, pouvait soigner les vapeurs, l'hystérie et la nymphomanie chez la femme et les troubles du psychisme chez l'homme.

C'est un bouleversement, car avant le XVIIIe siècle la plage était considérée comme « un espace répulsif » et effrayant. Avant tout inhospitalière, la plage est dangereuse : c'est là que les marins et leur navire échouent, que les corps gonflés ou déchiquetés jusqu'à l'os des noyés sont charriés par les vagues. Regardez plutôt une carte du Moyen Âge ou de la Renaissance : au large, des monstres cornus, terrifiants, démoniaques. Territoire marqué par le sceau du diable, la côte est aussi néfaste pour la santé selon les médecins du XVIIe siècle qui préconisent de ne pas respirer les exhalaisons malsaines qui s'en dégagent. « Les varechs, les excréments, les débris organiques rejetés sur les plages contribuent, pense-t-on, à engendrer le mauvais air qui, souvent, règne sur les littoraux[1]. » La plage corrompt le corps. Fuyez ! Vous êtes en danger !

Rien d'étonnant qu'on ait attendu si longtemps pour oser y poser un pied. Dans le département de la Manche, les villages anciens sont rarement construits près de la plage. Ils la fuient, s'en écartent de quelques kilomètres comme pour maintenir entre

1. Alain Corbin, *id.*

la mer menaçante et eux une distance de sécurité. S'ils peuvent lui tourner le dos, c'est encore mieux. On préfère contempler la terre nourricière depuis sa fenêtre que l'océan meurtrier.

Quand la plage est devenue une mode, certaines municipalités normandes ont voulu saisir la manne financière du tourisme émergeant et ont modifié leur nom en y ajoutant le précieux sésame *sur-Mer*. C'est ainsi qu'Ancretteville est devenu *Ancretteville-sur-Mer*, bien plus séduisant pour des Parisiens malhabiles dans la lecture des cartes. Mais une fois arrivés sur place, ces derniers découvrent que la jolie bourgade est séparée du littoral par deux autres communes et qu'ils doivent marcher trois quarts d'heure avant d'arriver sur la côte. Même tour de passe-passe à Montreuil-sur-Mer, que dix-sept kilomètres éloignent de la plage. Ce n'est qu'en montant au dernier étage de l'hôtel qu'avec un peu de chance on aperçoit tout là-bas, à l'horizon, un fragment de mer.

Il faut se plonger dans le protocole médical censé soigner les malades des nerfs qu'on amenait à Brighton ou à Dieppe au XVIIIe siècle. Mettez-vous quelques instants à leur place. Nous sommes à la fin de l'automne ou au début de l'hiver – le bain de mer ne se pratique que froid, moins de dix degrés, afin de vous stimuler le corps. Corbin, citant le savant John Floyer, explique que « le bain froid [...] corrige les manières vicieuses de vivre, il atténue la véhémence des passions ». Des infirmiers sont avec vous, ils vous mènent tôt le matin à la plage avec un groupe de patients. Une fois sur le sable, on vous attache une corde à la taille. Est-ce par peur que vous vous noyiez ? Ou de crainte que vous en profitiez pour vous échapper par le large ? Sûrement un peu des deux. Sur le rivage, on n'est jamais trop précautionneux.

Autour de vous, il y a des mélancoliques, des malades du *spleen*, des « frénétiques » comme on les nomme à l'époque, des nymphomanes, des hypocondriaques, des fous divers... Tous sont solidement retenus par des cordes.

Voici le moment d'entrer dans l'eau. Un vent froid souffle sur votre nuque et vous couvre d'embruns. Vous êtes déjà gelé avant d'avoir mis un pied dans les vagues. Mais pas question pour les infirmiers de vous laisser le temps de vous habituer à la température. Le bain doit être brutal. On compte sur l'effet curatif de « la terreur et [du] choc produits par la subite immersion dans une eau froide pour guérir les dérèglements de l'âme ». Des mains vous saisissent par la taille et vous poussent, vous entraînent. Impossible de résister, vous pouvez bien crier, vous débattre et tenter de rejoindre les dunes : vous allez être jeté tout entier et sans préambule dans les vagues. Plus l'on sera brusque avec vous, meilleur sera le remède qui vous guérira.

Certains de vos compagnons d'infortune n'ont pas votre calme, ils hurlent comme si on les précipitait dans un gouffre sans fond, leurs mains déchirent l'air, leurs yeux veulent s'enfuir de leurs orbites. « Du calme, du calme ! » sermonnent les infirmiers habitués à cette thérapeutique toute moderne. Une main se colle à votre nuque, elle est immense et vous enveloppe tout l'arrière de la tête. Vous n'avez pas le temps de reprendre votre haleine que déjà vous êtes plongé dans l'eau froide. La méthode est bien pensée : on compte sur la suffocation et l'angoisse de la noyade pour soigner votre névrose.

Floyer justifie ainsi le procédé dans son *History of Cold-bathing both Ancient and Modern* (cité par Corbin) :

> *Les bains glacés provoquent une sensation de froid et ceci, non moins que la terreur et la surprise, contracte considérablement la membrane et les canaux des nerfs dans lesquels résident les humeurs subtiles et celles-ci, ainsi maintenues en état de tension et de compression, communiquent d'autant plus facilement les expressions externes à l'âme sensible. Non seulement les sens externes sont plus aiguisés par temps froid, mais les facultés animales qui nous aident à agir et à raisonner ont alors plus de vigueur à cause de la pression externe de l'air froid.*

Ce n'est pas fini. Votre immersion durera le temps qu'il faudra aux infirmiers pour réciter un *Ave Maria.* Tant que la prière n'est pas achevée, ils vous maintiennent de force sous l'eau. C'est là que la peur de vous noyer vous saisit le cœur. Pas d'inquiétude : le traitement suit son cours normal. Lorsque vous revenez à la surface, vous happez l'air frénétiquement. Puis l'on vous replonge une ou deux fois dans l'eau selon la prescription de votre médecin.

Le temps en mer ne doit pas dépasser vingt minutes. Vous sentez tout à coup la corde se serrer autour de votre taille : c'est fini, on vous ramène vers la plage, vous serez bientôt dans votre chambre. Au même moment, on délivre des vagues ceux de votre groupe, le visage bleu et déformé par une crispation d'angoisse. Ils peinent à reprendre leur souffle. Une fois tous réunis sur le sable, le silence règne. Vous êtes épuisé, ce n'est pourtant que le premier jour de la cure. Demain – et les quarante jours suivants – vous connaîtrez à nouveau les plaisirs du bain de mer froid.

J'ignore le taux de guérison de ces toutes nouvelles pratiques balnéaires, je n'ai trouvé aucune trace d'un fou guéri par immersion. Mais dans la biographie consacrée à la duchesse de Berry écrite par le comte de Reiset, on trouve ceci :

> *[...] chaque année, quelques aliénés étaient conduits [à Dieppe] pour y être immergés sans miséricorde. L'année qui vit le plus grand nombre de malades fut, prétend-on, celle qui suivit la chute du système de Law ; maintes cervelles s'étaient égarées à la suite de ces fortunes colossales qui s'édifiaient en quelques*

heures et qui s'évanouissaient en un jour. L'histoire ne nous dit pas si les cures furent efficaces [...].

Que le traitement soit efficace ou non, peu importe. Penser que nous sommes, nous, amateurs de plage, les descendants de ces fous du XVIIIe siècle me plaît. Car il y a de la folie à occuper une bande de sable pendant des heures, une folie à laquelle nous nous sommes habitués et que nous ne percevons plus, mais une folie quand même.

UNE DUCHESSE À L'EAU

Tout de suite après les fous, il y eut les aristocrates, et plus précisément ceux d'entre eux qui toussaient, crachaient, éructaient, ceux qui avaient de la fièvre ou souffraient des bronches. C'est le médecin anglais Richard Russel qui amorça ce grand mouvement vers la mer, ancêtre de notre thalassothérapie actuelle, en publiant en 1750 un traité sans cesse republié et traduit au cours du siècle : *Dissertation sur le dépérissement des glandes si on ne fait usage de l'eau de mer dans leurs maladies.*

Prescription du docteur Russel : boire de l'eau de mer, s'y baigner, respirer l'air salin et manger en quantité tout ce qui provient de la mer. L'ouvrage devient vite une référence pour toute une génération de médecins qui découvre en l'océan le nouvel antidote aux maux les plus variés. Russel n'a pas seulement inventé la cure par le bain de mer, il a, selon l'expression de Jules Michelet, « inventé la mer ». Quitter la ville, faire un long voyage, louer une chambre ou une maison dans un village côtier, longer la mer, marcher sur le sable, entrer dans la vague : voici de tout nouveaux usages qui voient le jour grâce à lui. Mais la population qui côtoie alors le bord de mer n'a rien à voir avec celle d'aujourd'hui. Selon Alain Corbin, « les plages [de cette époque] se couvrent de scrofuleux » et il faut attendre la venue de nouveaux *fous* pour que le rivage quitte ses airs d'hôpital.

En France, l'une des premières à se baigner sans être malade fut Marie-Caroline, duchesse de Berry et belle-fille du roi Charles X. Elle ne souffrait ni de constipation, ni d'étiolement, ni d'oppression dans la poitrine ; elle voulait simplement se baigner *par plaisir*. En 1825, c'est historique. Et les Dieppois et Dieppoises qui se sont massés sur les galets pour assister au tout premier bain de Son Altesse le savent fort bien, eux qui n'ont sûrement jamais mis un pied dans l'eau. Se baigner en parfaite santé ? Voilà une belle extravagance ! Et il y a eu, à n'en pas douter, quelques dévots qui virent là le signe d'une lascivité bien coupable. L'idée était dans l'air du temps en effet : la pénétration dans l'eau, le choc brutal de la vague, le saisissement du corps, « la suffocation et les cris qui l'accompagnent suggèrent le coït avec tant d'évidence que le docteur Le Cœur s'inquiète, pour cette similitude, de l'indécence du bain à la lame[1] ».

Pourtant, on ne peut pas être plus dignement vêtu que la duchesse lorsqu'elle entre dans les flots. *L'Illustré du Petit Journal* la représente dans une robe d'été, corsetée de rouge avec un décolleté de dentelle. La jupe est garnie de volants et gonflée selon la mode de l'époque par d'innombrables jupons. De longs gants de soie couvrent les bras de la duchesse qui avance dans les vagues, les épaules habillées d'un châle assorti à son corset et la tête couverte d'un charmant chapeau emplumé. On la croirait prête à entrer dans un salon parisien.

Sa robe est si volumineuse qu'on imagine avec stupeur son poids une fois plongée tout entière dans l'eau. Si Léopoldine, la fille de

1. Alain Corbin, *id.*, p. 90.

Victor Hugo, est morte noyée dans la Seine, ce n'est pas qu'elle ne savait pas nager, c'est que sa robe et la multitude de jupons qui la composaient l'ont mieux entraînée vers le fond que les pierres glissées par les suicidaires dans leurs poches avant de sauter dans une rivière. Ces robes du XIXe siècle sont des ancres, des cercueils, une fois dans l'eau.

Malgré tout, la véracité de cette illustration parue dans la presse laisse songeur. Les premiers costumes de bain apparaissent dès cette époque et, dans la biographie consacrée à Marie-Caroline, Jean-Noël Brégeon décrit plutôt une femme certes vêtue des pieds à la tête mais dans une tenue élégante et luxueuse de baigneuse du début du XIXe siècle.

Imaginez la scène. Marie-Caroline s'avance sur les galets. De part et d'autre, les habitants l'observent, mi-incrédules, mi-admiratifs. Elle porte « une toque [...], un paletot et une robe de laine marron galonnée de bleu ». C'est bien plus crédible ainsi. Elle a chaussé des bottes car il serait impensable d'être pieds nus à la plage. Mis à part son visage et ses mains, rien de son corps n'apparaît. « Quelle folie ! » doivent penser certains spectateurs.

La duchesse n'est pas seule, le directeur et médecin en chef des bains de Dieppe a l'honneur de lui offrir sa main pour faire avec elle ses premiers pas dans les vagues. Il est fébrile, c'est la première fois qu'il voit de si près une altesse. Il pense au roi, à la France, il se sent entrer dans l'Histoire. Le maire, resté derrière, ronge son frein en silence. Un long combat a opposé les deux hommes pour savoir lequel des deux aurait le privilège de guider la duchesse jusqu'aux vagues. Le directeur a aujourd'hui l'impression d'être l'élu. En compagnie de l'aristocrate, il sent sur lui le regard de Dieu. Pour ce jour si particulier, l'homme a revêtu un habit de ville, un gilet ajusté, une redingote et un haut-de-forme flambant neufs. Moqueur, le maire lui trouve un air de dandy ridicule.

La foule applaudit quand les premières vagues viennent mouiller les bottes de Marie-Caroline. La duchesse, elle, n'a qu'une hâte, cesser tout ce cérémonial et plonger dans les flots au plus vite, mais un tir de canon retentit sur la digue et la fait sursauter. La foule exulte ! Dieppe célèbre en grande pompe ce tout premier bain royal.

Reiset nous raconte :

> *[…] ce premier jour passé, madame reprenait sa liberté et se baignait à sa guise comme une simple mortelle. Sans s'astreindre à aucun cérémonial, nageuse intrépide, elle échappait bien vite à son baigneur qui se nommait Coursaux, et s'ébattait joyeusement dans les flots, se divertissant avec ses dames à maintes espiègleries d'enfant.*

La plage telle que nous la vivons aujourd'hui venait de naître.

INVENTER LA PLAGE EN LITTÉRATURE

Depuis *L'Odyssée* d'Homère jusqu'aux Romantiques comme Chateaubriand, Hugo et Byron, la littérature a toujours été fascinée par la mer. La plage, quant à elle, est restée *terra incognita*, comme si les vagues, le vent et l'infini de l'océan avalaient tout, y compris la bande de terre qui y donne accès.

Il faut attendre le XXe siècle pour découvrir un auteur qui aime tant les plages qu'il en a fait l'un des décors privilégiés de ses romans. Il s'agit de Paul Morand. Dans *Bains de mer*[1], il confesse n'avoir « vécu que pour l'eau et le soleil, aux dépens de [s]a vie sociale, morale, sentimentale, administrative [...] ; l'eau et le soleil furent pour [lui] une façon d'opium ».

1. Paul Morand, *Bains de mer*, Paris, Le Livre de poche, 1960.

Aussi a-t-il parcouru les littoraux du monde, s'est-il baigné dans toutes les mers. Amateur avant l'heure, il a eu le privilège de connaître, sauvages et vides de touristes, la baie de Cadix, les plages de Sardaigne et les calanques de Marseille (aujourd'hui si engorgées de visiteurs que les autorités ont dû mettre en place un système de droit d'entrée par réservation *via* une application Internet).

En « homme pressé », Morand ne fait pas partie de ceux qui s'allongent sur le sable pour lire ou écrire. Impossible. Il ne tient pas en place. Son appétit est tel qu'il dévore les rivages, engloutit les côtes au point d'en élaborer des nomenclatures et de les compiler dans des catalogues littéraires. *Bains de mer* peut être lu comme l'un de ces répertoires délicieux qui compulsent plus de quarante années de baignade. L'exercice est inédit pour l'époque. Morand a bien conscience de ce qui le distingue des autres écrivains :

> *Est-ce le hasard, ou fûmes-nous les premiers, par l'exemple et par l'écriture, à donner le signal de l'immense ruée actuelle vers l'eau et vers les cimes ? [...]*

À l'époque, j'étais presque seul, dans une mer à moi ; c'est bien fini. Aujourd'hui, toute la littérature se baigne [...]. Le bain, si étrangement absent de nos chefs-d'œuvre, il n'est plus de livres dont il ne remplisse les pages : on se baigne dans Pieyre de Mandiargues, on se baigne dans Vailland, on se baigne dans Claude Roy, dans Déon, dans d'Ormesson ; l'eau inonde la littérature.

Entre le guide de voyage, l'évocation poétique et la confession personnelle, Morand décrit toutes les plages, celles « pour les amateurs de solitude, les immenses plages d'outre-Tage au sable plus blanc que farine, très désertes avec une vue incomparable sur Lisbonne », celles foulées par des « enfants portugais, habillés de combinaisons en nylon gonflables qui les rendent insubmersibles, [et les font ressembler] à de jeunes Martiens », celles « à l'ouest de Tarifa [...], en bordure des chemins, adossées à de très hautes dunes », celle du Lido où il s'est baigné en compagnie de Jean Giraudoux qui « avait perdu dans le sable ses lorgnons de myope », celles « d'Écosse [qui] offrent des beautés naturelles dans l'extrême nord, à Suvemen, Banff, Saint Andrews, Navin », celles de Portobello et de Leith « dont [il a] gardé un souvenir affreux, [sortant] de l'eau noir de suie et chaussé de mazout », celle « d'Arcachon [...] trop tiède, trop lointaine, trop élégante, trop casquette de yatching » ou encore celle de Pospoder où il a contemplé les « baisers des baigneurs [...] malgré le jeu des dix phares [...] dont les feux se croisent sur la tête des amants, comme les épées des officiers de régiments anglais au-dessus de jeunes mariés qui sortent de l'église ».

Inventaire lyrique, bréviaire enchanteur, ce livre fait de la plage le lieu de l'hédonisme par excellence. Tous les sens y sont convoqués, par exemple à Sagres, où l'on entend « les vagues se jet[er] dans les grottes avec des détonations de grosses pièces d'artillerie », où l'on sent « la tenace odeur de poisson séché », où l'on voit « sur les crêtes, les premiers moulins à vent, [...] sortes de grandes toiles d'araignées hexagonales, tourn[er] joyeusement au noroît ».

Non sans raison mais avec un manque de modestie amusant, Morand se considère donc comme un précurseur balnéaire en littérature :

[...] je décrivis dans Lewis et Irène *une première rencontre, au bord de la mer, de futurs amants, je ne savais que cette scène érotique et sportive irait se répétant à l'infini dans les romans des trente années qui allaient suivre.*

Et de recenser les auteurs qui se sont inspirés de lui, François Nourissier, Michel Déon, Pieyre de Mandiargues... Ces derniers ont fait une belle fortune littéraire au motif amoureux de la plage que Morand introduisait pour la première fois dans le roman.

Sillonnant inlassablement les côtes, il est malheureusement le premier témoin de la révolution en cours : tourisme de masse, bétonisation, enlaidissement. Il est conscient de vivre les dernières années d'un âge d'or et, dans *Bains de mer*, il nous plaint, nous, générations à venir :

Et mes paradis d'autrefois, que sont-ils devenus ? Des enfers balnéaires : gratte-ciel de Mar del Plata, les pieds dans les vagues, fourmilière humaine de ce Copacabana que j'ai connu, il y a trente ans, presque désert, corps agglutinés dans les petting parties de Floride [...]. Le désert, nos descendants n'imagineront même plus que cela ait pu exister.

Il faut lire cet ouvrage pour pouvoir imaginer la beauté originelle de ces plages aujourd'hui mythiques et partager avec Morand son bonheur frénétique à les parcourir, ainsi que son désespoir face à leur destruction :

Cet endroit [la baie de Cadix], je l'ai connu exquis, il y a dix ans, mais il est promis, depuis, au pire des sorts : c'est désormais le débouché du grand pipeline américain qui traverse l'Espagne en sautoir et va aboutir à Saragosse. Cette eau de la baie, qu'elle était belle, toute laquée par le soleil couchant ! [...] Hélas, le parador de Fuentabrava, désormais hanté par des officiers américains en civil, n'est plus l'oasis que j'ai beaucoup fréquentée au début des années cinquante ; maintenant on sort du bain tout couvert de mazout et l'arrière-pays est défoncé par les bulldozers [...].

Aussitôt née, aussitôt démolie. La plage, nous rappelle Paul Morand, est un des lieux les plus fragiles sur terre. On sent, à la lecture de *Bains de mer*, que l'auteur est heureux et soulagé de ne pas connaître l'avenir des plages qu'il a tant aimées. Pris de pitié pour ceux qui lui succéderont, il imagine ce que pourrait devenir la Côte d'Azur, transformée en « une ville immense de Marseille à Menton [...] où des maires jeunes et hardis [...] taillent dans le vif » :

> *On ira bientôt passer l'après-midi à Nice, avec un retour en une heure à Paris, le temps d'un bain. Au moins nos descendants [...] descendront droit dans l'eau, en hélicoptère, et remonteront se sécher à bord, pendant le retour.*

Certes, Paul Morand est un grand pessimiste, mais, quand il enterre définitivement la plage, il le fait non sans humour.

LA PLAGE-MIRAGE

UN ORGANISME VIVANT

Si nous regardons bien une plage, on peut la voir dormir, bouger, arrondir le dos, s'effrayer. Je n'ai jamais rencontré une bête, un humain ou une plante qui dégage autant d'énergie. C'est l'organisme vivant qui en possède le plus. Nul besoin de la voir sous la tempête, quand la mer se déchaîne. Une plage calme, un matin de printemps, bourdonne. Si on veut bien l'écouter, elle vrombit comme un réacteur nucléaire.

L'origine de cette énergie reste pour moi un mystère. Est-ce le fruit du frottement entre eux de milliards de grains de sable qui remonte du sous-sol et emplit, invisible, l'air et le vent ? J'ai lu dans un article que l'on ignorait presque tout de l'épaisseur réelle des rivages de la côte Atlantique. Peu de scientifiques se sont sérieusement penchés sur la question. Aux profondeurs énigmatiques des océans répondent sans nul doute celles des grèves. Y a-t-il cinq mètres, quinze mètres, cent mètres de grains sous nos serviettes ? Il reste tant à découvrir.

J'imagine, moi, un monde infini de sable qui bouge et remue au loin sans qu'à la surface notre œil le perçoive. Il faut s'allonger, coller son oreille tout contre le sol et écouter la mélodie qui s'en échappe. Faites-le. Je vous assure, vous entendrez des ondes, une agitation, un grouillis de vie. Car la plage, je l'ai dit, est vivante. Elle abrite des organismes qui se cachent en elle et sous elle. Les enfants qui construisent des châteaux savent que le sable n'est jamais pur. Si leurs parents, de leur hauteur d'adultes, croient voir devant eux une vaste étendue sans vie, ils se trompent. Enfouis dans le sédiment, se trouvent les étoiles-peignes, les concombres de mer, l'oursin-cœur, l'ophiure fouisseuse et les puces qui creusent des galeries, s'y enfoncent et survivent en ingérant des particules organiques comme le plancton. Certains sont psammivores, c'est-à-dire qu'ils ingèrent le sable dans lequel ils vivent. Charge à l'organisme de faire ensuite le tri entre la matière brute et les débris consommables qui s'y trouvent.

C'est peut-être cela après tout que l'on entend sous nos serviettes : la dévoration constante de la plage.

*

Ce matin, j'ai voulu écrire sur la terrasse. Au sommet d'une petite colline, la maison n'est pas loin du rivage. Je vois la mer à moins d'un kilomètre. Et pourtant les mots ne viennent pas, les phrases meurent sur le cahier. Il leur manque le coup de fouet de la plage, cette puissance presque mécanique qui me réveille et me permet d'écrire. Je m'entête et reste sur la terrasse. Vers midi, en me relisant, je suis contraint de tout jeter sans rien pouvoir sauver. Je déjeune, l'esprit agacé. Je n'ai aucun mal à jeter mon travail. Il faut beaucoup jeter, jeter encore et continuer à jeter pour écrire. C'est ainsi que je conçois l'écriture, une vaste mise au rebut dans l'espoir de ne garder que quelques bribes dignes d'intérêt.

Mais ce midi je m'en veux. Par paresse, j'ai gâché une demi-journée de travail. Quatorze heures : je glisse mon cahier dans mon sac, mon carnet de notes, et pars sur la baie de Karace. L'eau vient taper contre les rochers comme la pédale de la grosse caisse d'une batterie. Un rythme se crée. J'écris en me balançant d'avant en arrière, c'est idiot. Mais ce mouvement joint à la pulsation de la côte me met dans un état propice à l'écriture.

Il y a une ivresse du sable. Tout le monde la ressent. La plage enivre naturellement. Cette pourvoyeuse d'hallucinations partage avec le désert le pouvoir d'engendrer devant nos yeux d'insondables visions. On prend un rocher pour une femme allongée, un livre posé sur la tranche pour une palourde monstrueuse. C'est l'expérience que fait l'écrivain Henry David Thoreau lorsqu'il part explorer le Cap Cod, dans le Massachusetts :

> *Ce matin-là, alors que nous marchions à la lisière de l'eau, nous retournant par hasard, nous vîmes un gros objet noir que les vagues avaient rejeté sur la plage derrière nous, trop loin toutefois pour que nous puissions distinguer de quoi il s'agissait. [...] Au fur et à mesure que nous nous en rapprochions, l'objet prit successivement la forme d'un énorme poisson, d'un corps de noyé, d'une voile, d'un filet – et finalement d'une masse d'étoupe [...]. Tout, sur une plage, chose inanimée ou être animé, non seulement revêt un*

aspect fantastique, mais paraît beaucoup plus grand et merveilleux que ce n'est en réalité[1].

Agnès Derail-Imbert commente :

Affranchie par le dénouement des analogies, la pensée, en classe de mer, est libre de prendre, comme le dit un autre jeu du texte, sa récréation ou recréation poétique, et la perception de se fasciner aux merveilles du cap et à ses compositions grotesques : la haute dune est une banque de visions[2] *[...].*

Le rivage fournit à celui qui le fréquente une réserve infinie de compositions étranges. Chaque minute en voit naître des dizaines sur lesquelles l'artiste n'a qu'à se pencher. Salvador Dalí a fait cette expérience et l'a fixée sur la toile. *Apparition d'un visage et d'un compotier sur la plage* montre ce jeu d'illusion et de trompe-l'œil créé par le sable. Le rocher peint au fond ne serait-il pas un chien ? La femme au premier plan une coupe de fruits en faïence ? Que faut-il voir dans

1. Henry David Thoreau, *Cap Cod*, trad. Pierre-Yves Pétillon, Paris, Imprimerie nationale/Actes Sud, p. 136.

2. Agnès Derail-Imbert, *op. cit.*

le tableau ? Les sens se troublent, l'œil peine à s'ajuster tout comme il le ferait lors d'une épiphanie de rivage.

À l'heure où j'écris ceci, des amis m'envoient des articles en ligne sur mon téléphone. Le 18 juillet dernier, d'étranges phénomènes sont apparus au large d'Houlgate dans le Calvados. Au-dessus de la ligne d'horizon, certains perçoivent une colonie spectaculaire de porte-conteneurs, d'autres des vaisseaux extraterrestres ou bien encore des gratte-ciel dignes de ceux de Tokyo. On dirait l'une des façons d'annoncer la fin du monde dans un roman apocalyptique. Cette illusion d'optique rare, appelée *fata Morgana*, est due à une succession, en mille-feuille, de courants d'air chaud et froid au-dessus de la mer. Au Moyen Âge des témoins ont déjà décrit ce phénomène, croyant voir des châteaux fantastiques et des constructions légendaires flotter au-delà des plages. Ils attribuaient cela aux pouvoirs de la fée Morgane, d'où le nom de *fata Morgana*. La fée sévit encore un peu partout dans le monde et échafaude ses constructions chimériques en Sicile, à la pointe du Raz, dans le détroit de Lancaster, à Quiberon, au Cap, dans le golfe de Botnie…

Un après-midi d'octobre 2019, une Anglaise se promène avec son mari sur la plage de Winchelsea, dans le Sussex. Ils ont fait la route depuis Londres pour fêter sur le bord de mer leur 42e anniversaire de mariage. Ils ont de la chance, le temps est clair aujourd'hui et un beau soleil d'automne les réchauffe. Leurs regards vont et viennent entre le ciel, le miroitement de la mer et les nombreuses coquilles qui parsèment le sable. Moment idyllique, que le couple amoureux savoure main dans la main. Tout à coup, la femme se fige. Elle fait quelques pas en arrière. Qu'a-t-elle vu ? Elle recherche l'étrange vision qu'elle vient d'avoir. Le Christ ? Elle se penche. C'était quelque part par là. Elle se met à genoux et demande à son mari hébété de l'aider.

– J'ai vu Jésus, dit-elle. Là !

Il inspecte les parages, sans trouver la moindre présence divine. Puis la femme pousse un cri.

– Le voici !

Elle tient un coquillage allongé, blanc et gris, qu'elle tourne dans ses mains pour le montrer sous un certain angle à son mari.

– Regarde !

Il y a bien un visage, gravé, modelé dans la coquille. Le couple reste sans voix. Ils admirent l'objet curieux. Objet saint ? Le Christ apparaît bien dans des plats de spaghettis, des troncs d'arbre et des radios dentaires, alors pourquoi pas sur la plage ? L'anecdote relatée par *The Sun* ne dit pas si l'idée de contacter les autorités compétentes du Vatican leur a traversé l'esprit. Ils n'en ont peut-être pas eu le temps, car la vision se transforme tout à coup au creux de leurs mains, et la femme, interdite, demande :

– Tu ne trouves pas qu'il porte un turban ?

Le mari acquiesce. L'homme du coquillage porte un de ces turbans du désert, c'est certain maintenant que sa femme l'a dit.

Le mirage se précise. Les ondes vaporeuses qui l'enveloppaient se dispersent. *Exit* Jésus-Christ, l'Anglaise est sûre d'elle : sur le coquillage qu'elle vient de ramasser, il y a le visage de Ben Laden.

Aussitôt, elle alerte la presse et pose avec sa trouvaille dans tous les tabloïds britanniques : *The Mirror*, *The Guardian*, *The Daily Mail*. Même le *New York Times* en fait mention. Le mirage se propage de pays en pays, il quitte le rivage et traverse le monde.

L'histoire peut prêter à sourire évidemment, mais, lorsque je regarde à mon tour sur Internet la photo de notre Anglaise avec son étrange coquillage dans les mains, je vois moi aussi l'horrible visage de Ben Laden.

J'aimerais qu'on lise dans les coquillages comme on lit dans les nuages. La plage, au lieu d'être cet ourlet de sable consacré au farniente généralisé, deviendrait le lieu d'une expérience surréaliste permanente où chacun viendrait ramasser des mirages. Si cette aventure racontée dans la presse prend de l'ampleur et séduit le monde, l'allure de nos plages changera peut-être d'ici à cinq ou dix ans, et l'on verra, au lieu de corps bronzés et étendus sur le sable, des chasseurs un peu loufoques en quête de visions. Ne riez pas trop devant cette éventualité, je vous rappelle que ce sont les Anglais, au XVIIIe siècle, qui ont fait de la plage ce qu'elle est aujourd'hui. Ils pourraient très bien lui donner, en 2023, un tout nouveau visage.

HALLUCINATIONS ET FANTÔMES

Les amateurs d'opéra ont une image bien particulière de la plage. Surtout ceux qui ont vu la mise en scène du *Vaisseau fantôme* de Wagner par Àlex Ollé. En 2014, ce directeur artistique recouvre de sable le plateau de l'opéra de Lyon et transforme le lieu en une vaste plage.

Lors d'une nuit de tempête apparaît au large un étrange bateau aux « voiles rouge de sang[1] » et sur le pont duquel flamboie « une lueur bleuâtre et sinistre ». Nous sommes au troisième acte. Spectres errants, le capitaine et les membres de son équipage ont été condamnés à naviguer sur les mers pour l'éternité. Depuis la côte, des jeunes filles croient voir venir des « esprits », d'autres pensent être victimes d'une « vision ».

1. Richard Wagner, livret du *Vaisseau fantôme*, 1831.

Le vent porte alors jusqu'aux oreilles des spectateurs les « chants étranges » des matelots du vaisseau fantôme, qui finit par s'échouer sur la rive. Les jeunes filles s'enfuient aussitôt, tandis que les hommes restés sur le sable frissonnent de peur. Mirage ? Apparition diabolique ? La plage est dans cet opéra de Wagner le lieu privilégié du surgissement d'images saisissantes où le réel semble aboli.

Ce n'est pas un hasard si le compositeur choisit la côte comme lieu d'action pour son intrigue fantastique. Depuis le XVIIIe siècle, en effet, le rivage suscite l'effroi. Image du Déluge, la mer est fortement liée à la malédiction divine. Au jardin d'Éden, point d'océan. Le monde antédiluvien ne le connaît pas. Ce n'est que pour punir la corruption des hommes que Dieu plonge la terre dans un chaos aquatique. Les grandes cataractes du ciel s'ouvrent donc, précipitant ses créatures dans l'abîme.

Les flots, dans leur agitation sombre, leur menace constante et leurs colères épouvantables, rappellent aux chrétiens la faute primitive. Rien de plus effrayant qu'un rivage, qu'une plage : à tout moment un nouveau Déluge est possible.

Les hommes sont façonnés par cette croyance si bien que leur imaginaire a peuplé la mer de monstres tentaculaires, serpents et dragons, vaisseau fantôme et mirage spectral. Le surnaturel a trouvé en l'océan son lieu de prédilection. C'est là qu'il habite désormais. Et ses points de contact avec le monde terrestre deviennent une lisière magique, propice au jaillissement d'images stupéfiantes.

Wagner, pour écrire son opéra, s'est d'ailleurs inspiré de la légende d'un bateau hollandais que des matelots lui ont contée en 1839. Il traversait alors la mer Baltique sur un voilier lorsqu'une tempête éclata, obligeant l'embarcation à faire escale sur la côte norvégienne. C'est lors de cet épisode périlleux que les matelots entonnèrent un chant saisissant qui inspira le compositeur : la légende qu'il entendit alors raconte qu'un bateau hollandais apparaîtrait sous la forme d'un mirage à tout navire sur le point de faire naufrage.

DES FEMMES-PLAGES

On y pense rarement, mais le mirage est l'un des thèmes proustiens par excellence, au même titre que le temps, l'amour ou la société. Marcel Proust aurait très certainement été intéressé par la légende chantée par ces marins wagnériens ou l'histoire de notre Anglaise sur la plage du Sussex.

En effet, le regard du Narrateur d'*À la recherche du temps perdu* ne cesse de se troubler au gré des contractions du monde. À Venise, par exemple, alors que sa mère rentre à Paris, le laissant seul dans la Sérénissime, il est en proie aux facéties d'un « mauvais génie » qui bouleverse le plan des rues, déplace les *palazzi* pour mieux le perdre dans le dédale des *calle*. Venise, ville du mirage.

L'esprit du Narrateur est plus sensible que les autres à la magie de l'hallucination. C'est une certitude. Et cela se vérifie presque dans chaque scène de plage. Il faudrait d'ailleurs cesser d'associer Marcel Proust aux madeleines, la plage le représente bien mieux. Pour vous en faire une idée, allez à Cabourg : la petite station balnéaire vit dans le souvenir de l'auteur. Il a en effet séjourné au Grand Hôtel, chambre 414, chaque été entre 1907 et 1914. Sous ses fenêtres s'étendaient, immenses, la plage et la mer comme deux rubans. Cabourg est devenu Balbec dans le roman et sa plage l'un des décors d'*À l'ombre des jeunes filles en fleurs* et *Du côté de Guermantes*.

C'est là que le Narrateur découvre, observe et commence à aimer un groupe envoûtant de jeunes filles qui va et vient sur le sable avec des airs provocants. L'une tient une bicyclette à la main, d'autres des clubs de golf, tandis que certaines portent un polo que le Narrateur désigne comme un « accoutrement » tant les jeunes filles de l'époque n'ont pas l'habitude de s'exhiber dans une tenue sportive.

Mais la plage n'est pas qu'un simple théâtre dans lequel se jouent les amours futures entre le Narrateur et ces « créatures surnaturelles ». Elle est l'agent perturbateur qui modifie à chacune de leur rencontre l'image de ce groupe. La plage les dote d'un pouvoir de métamorphose qui agit comme un catalyseur d'amour chez le jeune Narrateur. Dès leur première apparition, la vision se trouble et les visages des demoiselles se mêlent les uns aux autres.

> *Elles n'étaient plus loin de moi. [...] mais à vrai dire, je les voyais depuis si peu d'instants et sans oser les regarder fixement que je n'avais encore individualisé aucune d'elles. [...] [E]lles ne m'étaient connues, l'une que par une paire d'yeux durs, butés et rieurs ; une autre que par des joues où le rose avait cette teinte cuivrée qui évoque l'idée de géranium ; et même ces traits je n'avais encore indissolublement attaché aucun d'entre eux à l'une des jeunes filles plutôt qu'à l'autre ; et quand [...] je voyais émerger un ovale blanc, des yeux noirs, des yeux verts, je ne savais pas si c'était les mêmes qui m'avaient déjà apporté du charme tout à l'heure, je ne pouvais pas les rapporter à telle jeune fille que j'eusse séparée des autres et reconnue. Et cette absence, dans ma vision, des démarcations que j'établirais bientôt entre elles, propageait à travers leur groupe un flottement harmonieux, la translation continue d'une beauté fluide, collective et mobile*[1].

C'est bien le mouvement des vagues, la fluctuation de la mer que l'on reconnaît ici

---

1. Marcel Proust, *À l'ombre des jeunes filles en fleurs*, 1918.

comme l'énergie première de cette transformation des corps. À Balbec, le Narrateur est à l'hôtel avec sa grand-mère. Il n'est pas libre de ses mouvements, alors il regarde. C'est par les yeux qu'il capture d'abord les jeunes filles dans leur déambulation sur la côte, des yeux avides, empêchés, brûlants. Soumises aux ondulations du rivage, les jeunes filles se font nymphes et créatures marines.

> *[...] on éprouve auprès des jeunes filles ce rafraîchissement que donne le spectacle des formes sans cesse en train de changer, à jouer en une instable opposition qui fait penser à cette perpétuelle recréation des éléments primordiaux de la nature qu'on contemple devant la mer.*

La fée Morgane a encore frappé. Et pour une fois la *fata Morgana* s'applique aux corps – des corps qui ne se laissent pas saisir et que le regard de la grand-mère empêche d'abord d'approcher. Même lorsque le Narrateur parvient à détacher du groupe certaines jeunes filles et à les appréhender comme des créatures avec lesquelles il pourrait entretenir une relation, la puissance du mirage perdure. C'est le cas d'Albertine dont le grain de beauté migre du menton à la joue comme s'il se « promenait [...] sur [s]a figure » au gré des souvenirs du Narrateur. La femme est fugace, fluctuante, fugitive.

Il faut expliquer qui est Albertine. C'est l'irruption inattendue dans le roman, le personnage que Proust n'avait pas prévu. Elle ne fait partie ni du côté de chez Swann ni de celui de Guermantes, et ne doit son surgissement qu'à l'arrêt brutal des imprimeries au début de la Première Guerre mondiale. Proust voit son œuvre suspendue, il en profite pour condenser son histoire d'amour avec son chauffeur. Premier mirage pour le lecteur : Alfred, le chauffeur, devient Albertine.

Tout de suite le personnage fait naître une obsession chez le Narrateur. Tout fond, tout échappe à son approche. Les certitudes s'estompent, les faits se troublent. Qui aime-t-elle ? Les hommes ? Les femmes ? Perpétuel mirage, Albertine fascine le Narrateur qui fait tout pour la saisir alors qu'elle se dérobe inéluctablement.

Agent perturbateur, la plage finit par la dévorer tout entière et la transforme en être-paysage. D'abord, elle ne peut plus apparaître, même loin de la mer, même à Paris, sans un décor marin et imaginaire derrière elle :

> *C'est ainsi, faisant halte, les yeux brillants sous son « polo » que je la revois encore maintenant, silhouettée sur l'écran que lui fait, au fond, la mer, et séparée de moi par un espace transparent et azuré […].*

Puis la dévoration devient entière et Albertine ne fait plus qu'une avec la plage. Gilles Deleuze le dit très bien dans son *Abécédaire* en commentant l'œuvre de Proust, à la lettre « D comme Désir » : « Je ne désire pas une femme, je désire le paysage qui est enveloppé dans cette femme. Paysage que je ne connais pas mais que je pressens et tant que je n'aurai pas déroulé le paysage qu'elle enveloppe, mon désir n'aura pas abouti. »

Le désir du Narrateur qui transforme Albertine en femme-plage. Sa respiration se fait « douce comme un zéphyr » et il retrouve en elle « les désirs errants de la vie de bains de mer ».

Le mirage devient insupportable : le Narrateur veut fixer la fugitive, capturer l'inconstante.

Il invite donc Albertine à Paris et la fait entrer dans son appartement qui se referme sur elle comme un tombeau. Voici venu le temps de « la prisonnière ». Mais il ne faut pas être devin pour comprendre que Balbec, sa plage et sa sirène ne se laisseront pas faire. L'opération est un échec. Un paysage ne s'enferme pas, une femme non plus. Pas plus qu'un mirage. Albertine se délite et perd son pouvoir.

> *C'est parce que je l'avais vue comme un oiseau mystérieux, puis comme une grande actrice de la plage, désirée, obtenue peut-être, que je l'avais trouvée merveilleuse. Une fois captif chez moi l'oiseau que j'avais vu un soir marcher à pas comptés sur la digue, entouré de la congrégation des autres jeunes filles pareilles à des mouettes venues on ne sait d'où, Albertine avait perdu toutes ses couleurs.*

Le mirage reprend ses droits et s'échappe. Aussitôt libre, Albertine retrouve tout son pouvoir de métamorphose, et les délires du Narrateur sur la sexualité de son ancienne prisonnière reprennent de plus belle. Les témoignages contradictoires s'accumulent : pour les uns Albertine coucherait avec une petite blanchisseuse, pour les autres elle n'aurait jamais eu ce genre de penchants gomorrhéens.

Le mirage atteint son apogée lorsque Mme Bontemps annonce au Narrateur par téléphone la mort de sa nièce, Albertine : une chute de cheval. On pourrait croire que la jeune fille est à présent privée de son pouvoir de métamorphose, mais le mirage perdure depuis l'Au-delà. Quelques heures plus tard, le Narrateur reçoit deux lettres de la jeune femme qui le supplie d'accepter son retour auprès de lui. Pendant un temps, l'illusion est parfaite : Albertine serait revenue d'entre les morts. Puis le Narrateur lit la date des lettres : elles ont été écrites quelques jours avant sa fatale chute de cheval. Dernière danse trompeuse du personnage.

Après avoir lu *La Recherche*, il est fort possible qu'en marchant sur la plage de Cabourg vous soyez victime d'un mirage et que vous aperceviez quelque part à l'horizon cette constellation de jeunes filles. Mais le mirage serait double lorsque vous apprendrez qu'au lieu de jeunes filles, Proust rencontrait sur cette côte de jeunes hommes qu'il préféra par convenance travestir dans son roman. André Gide le lui reprocha avec violence, lui qui aurait préféré lire l'histoire de « jeunes garçons en fleurs ».

La plage dans le monde de Proust a donc une incroyable plasticité. Pour répondre à un désir insatiable et pouvoir l'évoquer sans choquer l'époque, elle modèle, idéalise, poétise un monde corseté où la sexualité est enfermée en cage. Ce n'est donc pas un hasard si Proust a choisi le décor de la plage. Lieu des mirages, elle permet toutes les ambiguïtés, les projections et les audaces.

HOME, SWEET HOME

LA PLAGE-SALLE À MANGER

Christophe et moi avons quitté la Calabre un matin et roulé sur la E90 le long de la côte. Il fallait traverser la Basilicate pour rejoindre les Pouilles où nous allions. La route bordait la mer à un kilomètre de distance, nous la voyions sur le GPS, mais des maisons et des arbres nous la cachaient depuis la voiture. De temps à autre, nous prenions une perpendiculaire pour aller la trouver. La côte est ainsi faite ici : une route rectiligne et parallèle aux plages ponctuée tous les dix kilomètres d'une allée déserte et morne. Au bout, nous découvrions, écrasées par le soleil, des plages grises et vides, couvertes de ce qui me faisait penser à du sable de chantier. La mer ne nous plaisait pas. Nous repartions maussades.

Nous nous sommes baignés sur la troisième ou quatrième plage pour le seul plaisir d'entrer au moins une fois dans la mer Ionienne.

Mais nous ne nous sommes pas attardés. Après les falaises de Calabre et ses petites criques, la bande sablonneuse qui borde la Basilicate est décevante. Comme on devient triste sur une rive sans charme.

Heureusement, les Pouilles n'étaient pas loin et nous avons pu découvrir un autre littoral. Je n'aurais pas aimé finir la journée avec cette impression désagréable d'échec balnéaire. Nous sommes arrivés assez tard, après 17 heures, sur la plage de Pilone, à l'est d'Ostuni. Les assauts les plus mordants du soleil étaient déjà passés. Là, notre humeur est redevenue joyeuse. L'atmosphère y était si plaisante que nous y sommes retournés dès le lendemain matin.

Pilone accueille des familles italiennes qui investissent le sable pour la journée et déploient au moyen de parasols, de coupe-vent et de chaises pliables, un campement fait de murs et d'un toit. La plage devient ruelles, allées, village. À chaque famille son unité, son igloo autonome à l'intérieur duquel trois générations s'embrassent, s'engueulent et s'amusent au gré des repas qu'ils prennent sur des tables de camping.

Au coucher du soleil, les hommes, fatigués mais le sourire aux lèvres, portent à chaque bras une glacière et un parasol coincé sous l'aisselle. Il faut parfois plusieurs allers-retours pour évacuer tout l'équipement que le lendemain matin, vers 10 heures, ils reviennent installer au même endroit.

La musique est forte un peu partout, les enfants déboulent sur le sable, mais c'est le bonheur. La plage n'est pas qu'une expérience d'ermitage. C'est aussi parfois se glisser au milieu de la foule. Elle peut être somnolente et silencieuse comme à la messe ou bien bruyante comme dans un stade.

À Pilone, le spectacle est beau et harmonieux. Les familles vivent à l'ombre de toiles bleues, jaunes et rouges. Certains sont allongés sur des matelas gonflables, d'autres assis sur des tabourets et des chaises pliables disposées en demi-cercle pour mieux discuter. On parle, on rit, on chante. Avec Christophe j'arpente la plage. Et la mer, de quelle couleur est-elle ? Impossible de le savoir, nous oublions de l'admirer. Nos regards sont sans cesse attirés par de nouvelles scènes : un enfant court sans maillot, une mère secoue des foutas, des vieux jouent aux cartes, deux adolescents se séduisent…

En règle générale, les vieux quittent rarement les limites du campement, ils lisent le *Corriere della Sera* et discutent. Les jeunes tourbillonnent tandis que la génération intermédiaire est plus laborieuse. C'est elle qui se charge d'organiser et de piloter ce monde éphémère. Il leur faut gérer les stocks dans les glacières, plier et déplier le mobilier de camping, pivoter les parasols au fur et à mesure de l'avancée du soleil, chasser le sable, vérifier les structures, retendre les toiles, mettre de la crème solaire aux enfants, préparer les goûters, rincer les gobelets…

Quelle impression ont ces amateurs de plages lorsqu'ils retrouvent le soir leur véritable maison faite de briques et de pierre ? Sont-ils nostalgiques de cette vie sur le sable ?

L'un des personnages de *La Spiaggia* de Cesare Pavese observe la même chose que nous lorsqu'il se promène sur l'une des plages de Gênes :

Regarde, disait Doro, ces parasols sont autant de maisons : [les femmes] y tricotent, elles y mangent, elles s'y changent, elles s'y font des visites, et les rares maris présents restent au soleil, là où leurs femmes les ont mis.

Il conclut plus loin que la plage est une nouvelle « société », double de celle de la ville.

Je regarde autour de moi. C'est la fin d'après-midi maintenant et pourtant une famille sur deux mange (encore ? déjà ?). Pizzas, pâtes, *focaccia*... On ne saurait dire si c'est leur déjeuner ou leur dîner. Cette distinction n'a sûrement plus de sens ici : on mange quand l'envie nous prend, quand tout le monde est enfin sorti de l'eau et que les assiettes en plastique ont été retirées de grands cabas traînés jusqu'ici avec difficulté.

En réalité, il n'y a pas de trêve à ces agapes : à toute heure on trouvera une famille autour d'une ou plusieurs tables de camping. On ne se presse pas. Le repas s'étend dans la journée et se répète autant de fois que l'on souhaite. On reste d'ailleurs moins longtemps dans les vagues qu'à table, comme si la plage s'était changée en salle à manger.

La promenade se prolonge et nous regardons enfin le paysage. La côte a très peu de relief, le sable est doré, très brun là où viennent éclater des vagues d'eau émeraude. Une impression d'infini se dégage de l'endroit. On se croirait un dimanche après-midi.

Des éclats de voix me tirent de ma contemplation. Entre les parasols et les toiles, j'aperçois des scènes pantagruéliques comme si je marchais dans une rue sur laquelle donneraient toutes les salles à manger d'un quartier. La plage se restaure et continuera ainsi jusqu'à notre départ, avec un plaisir que je n'avais encore jamais observé.

DU SALON À LA CHAMBRE

Christophe et moi sommes devenus avec le temps des chasseurs de plages. En 2020, nous arrivons sur l'île d'Elbe. On dit qu'ici elles sont hors du commun. Sauvages par endroits, privées à d'autres. Sur ces dernières, les parasols et chaises longues quadrillent le sable en longues lignes rouges ou orange. Même si j'ai une préférence pour les plages laissées à leur état naturel, où l'on va sans porte-monnaie, où l'on s'allonge à même le sable, je suis sensible au charme de la domestication. Celle-ci compose un paysage gracieux et transforme un rivage parfois aride et inhospitalier en refuge moelleux, comme c'est le cas de la Fontenila à Capri. Au milieu de rochers âpres et abrupts, de petites plateformes comme des nids suspendus au-dessus de la mer accueillent par deux ou trois des chaises longues rayées de blanc et de bleu.

Aucun pied nu n'aurait pu se poser ici sans cet apprivoisement de la nature, qui reste somme toute de taille modeste. Difficile de ne pas voir là le travail d'un peintre qui apporterait à son tableau des touches formidables de couleur.

Je conçois les plages comme une espèce animale, divisée en une multitude de races. La taille, la morphologie, la couleur de son sable sont des critères de distinction. Et l'on pourrait dire qu'il en va des rives comme des chats : il existe des plages rares et chères comme le Bengal ou le British shorthair, et d'autres qui sont restées sauvages le long de côtes inhabitées. Toutes ont leur beauté, leur caractère, leur silhouette.

Sur l'île d'Elbe, la plage la plus fréquentée est celle de Cavoli. Nous y sommes allés. Internet la décrit comme « mondaine » : « C'est le lieu idéal pour les plus jeunes et pour ceux qui aiment s'amuser. En particulier en juillet et août, [elle] s'anime grâce aux beach parties à base de délicieux cocktails, de musique live et de DJ. » Je voulais voir ça.

Mais au lieu de l'ambiance enfiévrée des plages d'Ibiza, nous y avons surtout vu des familles endormies, des ados scrollant sur leur portable et des hordes d'enfants jouant dans le sable.

Le sable, voici le critère ultime des familles avec enfants – à tel point que les plages de galets, de rochers, celles d'éboulis et de pied de falaises, les criques difficiles d'accès, sont méprisées – au grand bonheur des amoureux de solitude.

À Cavoli, j'ai assisté à une scène que j'ai racontée dans un carnet, pensant qu'elle serait un jour l'objet d'un texte plus développé. Voici l'occasion. Sur cette partie du sable que les vagues couvrent et découvrent sans cesse dans leur danse, une femme d'une soixantaine d'années traîne une chaise on ne sait d'où et s'y assied. C'est une chaise en bois, telle qu'on en voit dans les cuisines traditionnelles. La femme prend des poses de danseuse de bar de nuit. Ses jambes entrouvertes jouent avec les vagues qui inondent ses chevilles tandis que son buste pointe le ciel et que sa tête pend étrangement en arrière. Elle semble jouir du moment, du sable mouillé sur ses pieds et du soleil qui décline en ambrant sa peau. Les promeneurs qui longent la lisière des vagues l'observent un moment, sourire en coin, avant de faire quelques pas de côté pour l'éviter et continuer leur marche.

Je ne savais pas ce qui m'étonnait le plus, la femme, un peu grotesque, ou bien sa chaise, incongrue à côté du mobilier moderne et standardisé des plagistes. Qui amène son propre siège sur la côte ? Et qui viendrait s'y asseoir à l'endroit même où meurent les vagues ? J'avais la sensation d'observer un collage surréaliste d'images et je cherchais autour de moi son auteur.

Le soir, nous en parlions encore avec Christophe. Discrètement il avait photographié la scène. La chaise m'intriguait toujours, quand l'image a tout à coup glissé dans mon esprit pour laisser place à une autre. Une scène de bord de mer en Normandie, sous un ciel couleur d'huître. Des hommes et des femmes discutent à l'abri d'une ombrelle. Certaines dames sont assises sur des chaises. C'était le souvenir d'un tableau d'Eugène Boudin.

Un souvenir ou plutôt un assemblage de tableaux tant il est difficile de mémoire d'en isoler un de la quantité incroyable de scènes de plage où le peintre a représenté la bonne société de son époque. Ce sont toujours les mêmes attitudes, les mêmes positions des corps : un groupe essentiellement de femmes assises sur des chaises semblables à celle vue à Cavoli. La plupart des hommes présents sont debout, canne à la main. On forme un cercle, un petit attroupement fait pour la discussion et la collation.

En regardant ces tableaux, on entend davantage le clapotis des conversations que le murmure des vagues. Celles-ci sont reléguées loin derrière les ombrelles, on les voit à peine, tout comme les corps sous les vêtements : pas un centimètre de peau visible. Les femmes, couvertes des pieds à la tête, sont des pyramides de tissu à crinoline. Leurs visages aussi sont en partie dissimulés par les voilettes de leur chapeau. Les hommes, eux, sont comme des aiguilles noires plantées dans le sable. Ils structurent le paysage.

En comparaison, nos plages contemporaines avec leurs draps et transats me paraissent tout à coup bien basses, comme au ras de l'eau, tandis que celles de Boudin s'étirent en hauteur grâce à ces silhouettes assises ou debout, massées par petits groupes verticaux.

C'est ainsi que la vie se déroulait sur la plage dans la seconde moitié du XIXe siècle.

On la transformait en salon mondain en y apportant des chaises et une table basse pour le thé. Aujourd'hui, on fait d'elle une vaste chambre à coucher de plein air où l'on s'allonge pour dormir au soleil. La verticalité du XIXᵉ siècle a disparu au profit de l'horizontalité.

Parue en 1942, *La Spiaggia* de Cesare Pavese atteste déjà de ce basculement du salon à la chambre à travers la description de Clelia, somnolente sur sa serviette :

> *Clelia avait une façon extatique de jouir du soleil, étendue sur les rochers, de se fondre avec ceux-ci et de s'aplatir contre le ciel, répondant à peine d'un chuchotement, d'un soupir ou d'un geste brusque du genou ou du coude aux brèves paroles de la personne qui était à côté d'elle. Je m'aperçus bientôt que, lorsqu'elle était étendue ainsi, Clelia n'écoutait vraiment rien. Doro, qui le savait, ne lui parlait jamais. [...] Lorsqu'elle se relevait, secouant ses cheveux, abrutie de soleil et riant, elle nous demandait de quoi nous avions parlé et regardait qui était là.*

J'ai l'impression que chaque époque agence sur la plage une des pièces les plus importantes du foyer. Le salon du XIXᵉ siècle, où l'on reçoit, où l'on fait et défait les réputations, où l'on devient ou non quelqu'un, trouve son exten sion éphémère sur les plages normandes, le temps de l'été. Au XXIe siècle, l'importance sociale du salon dans nos maisons ou appartements a considérablement diminué. Les jeudis de Madame B., les mardis de Madame C. où l'on a ou non ses entrées n'existent plus. Ce n'est plus là que la vie sociale se passe.

Les nouvelles générations ont investi de nouveaux espaces de leur habitat si bien que la chambre à coucher est devenue un lieu choyé où l'on passe plus de temps. Le lit n'est plus seulement l'endroit où l'on dort : on y regarde des films, on y joue aux jeux vidéo, on y fait la grasse matinée. Avec le lit s'est propagée une nouvelle façon d'être en journée et même en société : la position allongée. Les canapés et divans se sont élargis, agrandis, pour se transformer en lit de substitution. Discrètement, le lit domine. Il a modifié l'équilibre de nos corps si bien qu'à la plage, *naturellement*, on se couche comme sur un matelas, et l'on s'endort – impensable au XIXe siècle. Peu de gens y tiennent conversation aujourd'hui comme ces dames élégantes peintes par Boudin. Nos transats ou serviettes sont tournés vers la mer ou le soleil. Nos yeux sont clos, les leurs étaient ouverts.

« La plage n'est pas un lieu naturel, c'est un lieu inventé », écrit Jean-Didier Urbain dans son essai *Sur la plage*. Et chaque génération, chaque époque l'imagine à sa manière. Entre la plage-salon et la plage-chambre, d'autres créations sont possibles à mon sens. J'y ajoute pour ma part la plage-bureau sans croire que ce modèle trouvera une réelle postérité. À moins qu'on ne l'envisage sous sa variante de plage-atelier.

En effet, si Eugène Boudin n'a pas été le premier dans l'histoire de l'art à peindre sur le motif, c'est-à-dire à sortir de son atelier pour aller travailler dans la nature même, au contact de ce qu'il voulait représenter, il est celui qui au XIXe siècle initie Monet à cette pratique et, par son intermédiaire, tous les impressionnistes qui en feront un élément crucial de leur technique. Boudin installe son chevalet dans les dunes, sur les plages de Deauville, Trouville et Villerville. Il façonne la lumière, le mouvement des vagues et des nuages en touches légères dans une volonté de saisir l'instantanéité d'une ombre ou d'un reflet. C'est ainsi qu'il donne aux choses qu'il peint l'impression de bouger légèrement. Ses tableaux gardent toujours quelque chose de l'esquisse faite sur le vif.

Boudin critiquait vivement les Romantiques qui, pour saisir le spectateur, ont saturé les noirs, les bleus, les rouges, faussant la réalité. Lui préfère le gris, il est un adepte de ses nuances et irisations infinies. Ses marines ont des reflets de perle mouillée, de soie naturelle et de plomb. Mais ce n'est pas cela qui fera de lui un peintre reconnu. Le succès naît au moment où le rivage normand commence à se peupler de tout ce que Paris compte de plus élégant. Avec l'arrivée du chemin de fer à la fin du XIXe siècle, le littoral devient accessible en quelques heures. En 1862, la ligne de train Paris-Honfleur est ouverte, Deauville, petit village de pêcheurs transformé en station balnéaire de luxe par le duc de Morny, voit le jour avec une rapidité hors du commun, et toute la bonne société afflue. C'est la même année que Trouville accueille pour la première fois et en nombre l'aristocratie en villégiature. Sa plage argentée se colore tout à coup des toilettes rouges, bleues et vertes des dames à la mode. Aux yeux de

Boudin, l'effet est saisissant. Il peint aussitôt ses premières scènes de « plages modernes ».

Boudin comprend qu'il y a là « un filon à exploiter ». Pendant trois décennies, il peint ces salons maritimes. Pour Jules-Antoine Castagnary, critique d'art de l'époque, il a inventé un nouveau type de marines « qui consiste à peindre avec la mer tout un beau monde exotique que la vie rassemble l'été dans nos Villes d'eau[1] ».

Mais en réalité la mer a disparu de ses tableaux. Ne subsistent plus que le ciel, immense, dans lequel Boudin dit qu'il aimerait nager, la plage et la société parisienne. Cette dernière occupe tout l'horizon, elle masque la ligne bleue de la mer et devient sur la toile comme une frise humaine déroulée entre terre et ciel.

Boudin peint des collations, des dames en blanc, tout un peuple de nurses en uniforme rouge et noir avec enfants, des crinolines légères et mousseuses comme une chantilly, des chaises vides, des chaises renversées, des montagnes de tissu avalant leurs barreaux,

---

1. Jules-Antoine Castagnary, compte rendu du Salon de 1869.

des ombrelles, des quantités astronomiques d'ombrelles, et beaucoup de chapeaux, de rubans, de cannes et de hauts-de-forme, des cols blancs et empesés, des souliers vernis et des chiens de salon étonnés d'avoir les oreilles tout à coup dérangées par le vent du large.

Auréolé de gloire, Boudin écrit à son frère : « Je ferai autre chose mais je serai toujours le peintre des plages. » L'amertume. Boudin commence à prendre en grippe la bonne société qu'il représente et qu'il traite de « parasites dorés » dans sa correspondance. Il écrit : « Cette plage de Trouville qui naguère faisait mes délices n'a plus l'air à mon retour que d'une mascarade. Il faut presque du génie pour tirer parti de cette bande de fainéants poseurs. »

Car Boudin ne peint pas des individualités, mais un corps social dans son ensemble, une mondanité certaine – et sa façon d'accaparer la côte. Aussi les personnages sont-ils représentés de dos, loin, le visage brouillé par un pinceau léger qui estompe les contours pour mieux donner forme à la lumière fugitive.

Que les traits de telle ou telle dame soient reconnaissables ne l'intéresse pas.

Cela ne l'empêche pas pour autant de vouloir faire sa cour à Paris et de profiter de l'inauguration du casino de Deauville pour peindre les puissantes dames de la capitale, proches du duc de Morny et de son beau-frère, Napoléon III. Le tableau, qui a pour titre *Concert au casino de Deauville*, est présenté au Salon de 1865. Malheureusement, aucun des visiteurs ne le remarque et les efforts de Boudin pour flatter l'ego de la princesse de Metternich, de madame de Gallifet et de madame de Pourtalès, trois figures emblématiques de la cour impériale qu'il a représentées au premier plan, sont vains.

Et pour cause : Boudin s'attache bien plus aux jeux de la lumière dans les volants vaporeux des robes qu'aux détails de leur visage. Les héroïnes du tableau sont donc passées devant l'œuvre sans se reconnaître ! Déçu par cet échec, Boudin roule la toile dans un placard et l'y abandonne jusqu'à sa mort. Ce n'est que de façon posthume que ce chef-d'œuvre considéré par Monet et Zola comme un manifeste de l'art du peintre est retrouvé et exposé à Paris.

Derrière les chaises de salon, Boudin représente un autre élément caractéristique du paysage balnéaire du XIXe siècle : les cabines. Avant de se fixer à l'arrière des plages comme aujourd'hui à Granville, elles étaient mobiles et munies de roues. Ce sont des roulottes de bain que des chevaux tractent jusque dans la mer. Une petite échelle permet aux baigneurs de se jeter directement dans l'eau. Le tableau *Sur la plage de Trouville* de 1865 montre comment mondanité et pratique du bain de mer se mêlent. Des groupes de dames assises avoisinent des cabines prêtes à être emmenées dans l'eau. Une femme en robe rouge et blanc ouvre d'ailleurs la porte de l'une d'elles et s'apprête à y monter. C'est là qu'elle se déshabillera et revêtira son costume de bain, à l'abri des regards. Pas de serviette autour de la taille pour enfiler un maillot au milieu de la plage, ni de corps nus ou de larges parcelles de peau bronzée chez Boudin. Le tissu couvre tout et la cabine dissimule l'impur.

Boudin ne va pas plus loin dans la suggestion du corps qui se baigne. Nulle trace en effet chez lui d'un baigneur en costume. S'il apparaît sur la toile, ce n'est que sous la forme d'un point moucheté au milieu des vagues. Comme son siècle qui fréquente les plages en crinoline, Boudin est pudique.

LE CORPS À LA PLAGE

ÉLOGE DE LA NUDITÉ

Dans un documentaire des années soixante, Montherlant se prête au jeu qui consiste à écrire sous l'œil de la caméra. J'en serais bien incapable. Il y a dans l'acte d'écrire une impudeur, et je n'écrirai jamais devant quelqu'un. C'est l'une des raisons pour lesquelles je n'écris pas à la terrasse d'un café. Mes voisins penseraient : « Il écrit, il se prend pour un écrivain. » En tout cas, je penserais qu'ils pensent ainsi, et la peur que l'on me suspecte d'exhibitionnisme figerait mon stylo.

Écrire à la plage n'a rien à voir. Je ne fais preuve d'aucune impudeur lorsque je sors mon cahier au milieu de baigneurs en maillot de bain. L'impudeur n'est plus une question ici. Qui pourrait bien penser : « Regardez comme il se montre, celui-là ! » lorsque tout le monde autour de moi est nu ou presque ? Et puis s'il paraît facile d'imaginer un écrivain à une terrasse de café, stylo à la main, il semble beaucoup plus improbable d'en croiser un en maillot de bain travaillant sur son drap de bain comme à un bureau. Cette incongruité me sauve, elle me protège. Elle me permet de n'être vu de personne, de n'attirer aucun regard, de ne susciter aucun commentaire. À la limite, pense-t-on que je fais des mots croisés, que je note l'itinéraire des vacances ou la liste des églises romanes à visiter dans la région. C'est ce qui me permet d'écrire en liberté.

Hier, sur une petite plage de galets presque inaccessible de l'île d'Elbe, une femme était allongée sur les rochers. Elle était nue. J'ai failli faire demi-tour, sa nudité m'impressionnait. J'ai finalement longé la mer pour m'installer une cinquantaine de mètres plus loin. Elle devait avoir soixante-quinze ou quatre-vingts ans. Son corps irradiait comme une petite flamme blanche.

Elle ne m'a ni vu ni entendu, ou si c'est le cas elle n'a pas pris la peine de tourner la tête vers moi. Ses paupières sont restées immobiles. L'arrivée d'un inconnu n'aurait su troubler la saveur du soleil sur son corps. Je m'installe sur ma serviette, un livre entre les mains. De temps en temps, je la regarde. La nudité en impose, elle dégage une sorte de pouvoir. Rien d'érotique pourtant dans mes yeux ou dans son corps. Le pouvoir est ailleurs.

Je me pose une question : suis-je sur une plage nudiste ? Autour de nous il n'y a personne, et je n'ai vu aucun panneau sur le sentier qui mène au rivage. La femme soulève un bras, qu'elle tenait jusqu'ici le long de son corps. Il roule dans l'air, fait comme un demi-orbe dans l'espace, poignet cassé, puis retombe mollement derrière la nuque. Geste de nymphe.

Est-elle impudique ? Je ne crois pas. Si elle ne m'a pas vu, sa nudité n'existe que pour elle-même et la mer suave qui la regarde. Si elle a senti ma présence, dans ce cas je serais bien incapable de trouver en elle une trace d'impudeur ou d'indécence. La femme vit dans un monde où cette question sombre dans les vagues aussitôt formulée.

Un instant, j'imagine les sensations physiques que procure une telle nudité. L'air sur la peau des fesses, les rayons chauds du soleil sur le sexe… Je l'envie, ce doit être enivrant.

Si d'autres nudistes arrivent, je devrais partir évidemment. Je ne peux être le seul ici en maillot. En attendant, je pense à Dalí, Morand, Toulouse-Lautrec. Eux aussi vivaient nus pendant leurs vacances sur la côte. Dans *Bains de mer*, Paul Morand explique que « seul le nu convient à l'homme, comme le deuil à Électre ». Aussi s'élance-t-il à l'assaut des vagues le plus souvent sans maillot.

Chez lui, la nudité devient l'une des facettes d'un idéal plus large :

> *Que j'aimerais mener la vie que Balzac nomme la vie de Mohican, se baigner nu, monter à cru, dormir à la belle étoile, s'ensevelir dans le néant, chasser le sanglier sauvage, se tailler là, loin des horreurs et des vices du siècle, un domaine de conquistador !*

Depuis, j'ai appris qu'Hermann Hesse, l'auteur du *Loup des steppes*, était lui aussi un adepte du nudisme. Dans un essai, il décrit l'action sensuelle des éléments sur son corps déshabillé :

> *[...] tous les jours, en fin d'après-midi, une brise souffle sur notre plage ; il est alors rafraîchissant de se baigner dans les vagues puis de rester debout, nu, en plein vent*[1].

1. Hermann Hesse, *Tessin*, Genève, Métropolis, 2000.

À l'époque, cette confession est très originale, ce mode de vie n'étant pas courant. En 1906, à Monte Verità, l'écrivain rejoint, sur le conseil de son médecin, une communauté de végétariens naturistes. Ils vivent dans des huttes, laissent pousser leurs barbes et leurs cheveux, se nourrissent de fruits et de légumes crus. Parmi eux, Hesse fait l'expérience d'un mode de vie alternatif : « Je vivais nu et éveillé, tel un cerf dans son bocage de rocaille. » Exposé nuit et jour au vent ou au soleil, son corps dénudé éprouve une révolution des sens :

> *Les nuits, je les passais bientôt dans la cabane, bientôt à l'extérieur, au bord de l'eau aussi. Souvent, je somnolais pendant des heures jusqu'à ce que ma soif me réveille. Souvent, je passais des heures allongé dans un état de semi-conscience, je voyais la lumière et l'ombre changer et j'entendais les petits bruits de cette terre de désolation, sans les respecter et sans me rendre compte de ce que je voyais ou j'entendais. Parfois, j'avais l'impression de devoir me pétrifier, m'enraciner et replonger dans une existence végétale ou minérale*[1].

---

1. Hermann Hesse, « *In den Felsen. Notizen eines Naturmenschen* » (« Dans les rochers. Notes d'un homme de la nature »), récit autobiographique, 1907.

Bouleversement du corps qui s'ancre dans la terre. Le naturisme des XIXe et début XXe siècles relève d'une nouvelle pratique médicale qui se détourne de la médecine moderne naissante pour chercher dans la nature les moyens de guérir. Les naturistes de l'époque sont les héritiers de Jean-Jacques Rousseau et des philosophes des Lumières qui croient en une action bénéfique de la nature sur les hommes.

Puis, dans la première moitié du XXe siècle, la recherche du plaisir supplante peu à peu les préoccupations médicales et l'on se dévêt moins pour guérir que pour jouir d'un « corps offert aux éléments en vue d'une renaissance[1] ».

C'est en Allemagne que le mouvement prend une vraie ampleur. La nudité y pose moins problème qu'en France où la religion catholique jette sur le corps un voile de décence. N'oublions pas qu'Adam et Ève ont dû se couvrir de feuilles de vigne, honteux de se découvrir nus. La pudeur comme un sempiternel rappel de la faute originelle.

---

1. Jean-Didier Urbain, *Sur la plage*, Paris, Payot, p. 188.

Dans les années soixante, la libération des mœurs et le *summer of love* permettent néanmoins en France de libérer les esprits et par la même occasion le corps. Se débarrasser de ses vêtements sur la plage devient alors un geste émancipateur par lequel on ne fait plus qu'un avec le sable et la mer. Le corps fusionne avec l'environnement. Par une étonnante inversion des symboles, la nudité se fait le signe d'une innocence retrouvée, d'un retour à l'Éden où la faute est pardonnée.

À côté de moi, la femme allongée sur les rochers a tout d'une Ève nouvelle. Ni honte ni pudeur. Sa nudité s'expose sans provocation. Elle est nue comme les rochers le sont. Je pense à la chanson « Nue au soleil » de Brigitte Bardot :

Quand le printemps
Fait éclater tous les bourgeons
Mes vêtements
Me pèsent d'une étrange façon
Et soudain dans mon imagination
Je me vois cachée
Dans les rochers
Nue au soleil
Complètement

Nue au soleil [...]
Je suis bien et le monde tourne rond
Je ne pense pas

Érotique, certes. Mais cette chanson est aussi un éloge de la simplicité et de la naïveté de la nudité. Le corps n'aguiche pas, il ne provoque pas, il profite avant tout d'un plaisir innocent. Dans ce sens, Jean-Didier Urbain cite l'écrivain Louis-Charles Royer :

Nous sommes créés pour vivre nus, tels que nous venons au monde et comme vivent encore certaines races primitives. [...] L'habitude de vivre nu sur les plages pendant l'été serait, j'en suis sûr, le meilleur moyen d'apprendre aux êtres, et surtout aux jeunes gens, à mieux se connaître, tant physiquement que moralement, et cette coutume ferait vite disparaître l'hypocrisie, qui est le poison du cœur[1].

Nudité devient ici signe de pureté, de sincérité, d'honnêteté. Comme le dit Jean-Didier Urbain, c'est « la tenue du paradis terrestre ».

---

1. Louis-Charles Royer, *Au pays des hommes nus*, Paris, Les Éditions de France, 1929.

*

Sophie Fontanel a trouvé elle aussi la voie de cet « Éden grappillé sur l'absurdité du monde ». À l'occasion d'un voyage sur l'île du Levant, elle observe comment peuvent se marier nudité et hédonisme. Sur cette petite île de la Méditerranée, un arrêté préfectoral inédit autorise la pratique du nudisme sur l'ensemble du territoire. Dans *Capitale de la douceur*, un roman en vers, l'autrice raconte la première fois qu'elle s'est entièrement déshabillée sur la plage. Après un moment d'appréhension évidente, elle s'est sentie « libre », mais aussi :

À la merci
À la merci de qui ?
Dans la crique déserte à la merci des poissons scintillants
Ma réserve disparut
Le corps aéré j'étais la bienvenue

Il y a pour Sophie Fontanel une vulnérabilité dans le fait d'ôter ses vêtements, qui entraîne une douceur, une liberté. Le corps s'ouvre, il s'offre au monde aquatique qui l'accueille. Point de pierres tranchantes, de rochers dangereux : les pieds se posent délicatement sur « une mousse touffue / Constituée de microscopiques et aquatiques fleurs ». Aussitôt, elle se trouve « en apesanteur ». La nudité ou le voyage sur la Lune.

Libéré de sa dernière barrière de textile, le corps rencontre la nature comme jamais auparavant. Pour cette journaliste qui a fait de la mode son domaine de réflexion, l'île du Levant permet une découverte majeure : quitter ses habits provoque une révolution spirituelle.

Nul ne se souciait de ma nudité
Sans doute c'était ça la vraie humanité [...]
Sur leur corps aucune démarcation
Des peaux illimitées si cela se pouvait
Sans défenses sans frontières et sans complications [...]
Par sa simple présence le peuple de la crique mettait fin à une solitude immense
On attend si longtemps d'avoir confiance
Et l'on se sent exclu
On attend désespérément mais un jour on découvre qu'être nu
C'est pouvoir l'être en paix

Désérotisé, le corps n'est plus un objet de tension, de convoitise ou de regards ardents. Il se change en une terre paisible que l'on habite à égalité avec ses semblables. Les comparaisons du coin de l'œil, les gênes, les complexes, les petites haines de soi s'évanouissent. On baisse les armes. On a fait la paix. Et l'émotion jaillit.

La plage, pour ceux qui la vivent nus, devient le territoire d'une « double réconciliation, entre l'homme et la nature d'une part, l'homme et l'homme d'autre part[1] ».

---

1. Jean-Didier Urbain, *op. cit.*

INTRUS À LA PLAGE

Il est midi sur l'île d'Elbe, la femme nue et moi n'avons toujours pas bougé. Nous partageons sans heurt le bord de mer. Mais alors que le soleil est au zénith, des voix d'enfants sur le sentier se font entendre. Une famille surgit en haut des rochers. En découvrant la femme nue, le père se fige. Il hésite comme je l'avais fait. Puis il pose une main sur l'épaule de sa fille pour l'empêcher d'aller plus loin. Les parents échangent un regard embarrassé. Ils ne m'ont pas vu. Ils disent quelque chose à leurs enfants, regardent derrière eux et s'éclipsent derrière un rideau de chênes-lièges.

De quoi ont-ils eu peur ? De mettre leurs enfants en contact avec une dépravée ? L'idée peut paraître comique, mais elle est vraisemblable et plus qu'humaine.

La cohabitation n'a jamais été une chose aisée sur les plages. Les nudistes ont leur rive, les « textiles », comme on les surnomme, la leur. Avant 1968, des palissades devaient être érigées tout autour des plages naturistes pour arrêter les regards innocents ou curieux. On a tracé alors des frontières nettes. Aujourd'hui encore, on ne peut se déshabiller sur le sable que selon une géographie stricte énoncée par arrêté préfectoral. Si vous ne respectez pas cela, vous risquez d'être condamné pour attentat à la pudeur. Le mot est lourd de sens. Attentat. La nudité comme une bombe.

Pendant longtemps, seul le cabinet du médecin autorisait un tel dévoilement devant un inconnu – et encore y a-t-il eu beaucoup de réticences au XIXe siècle chez certaines dames qui répugnaient à se montrer ainsi en tenue d'Ève.

La plage joue avec notre corps. Elle nous déshabille centimètre après centimètre. À chaque génération nous y sommes toujours un peu plus nus. Pour beaucoup de monde, avec ou sans maillot de bain, le bord de mer est une expérience sensuelle. Les mollets dans l'eau, l'air chaud sur les cuisses… L'été, tout devient caresse : le sable, le vent, l'écume…

Pour d'autres, elle est le lieu d'une exposition immorale. Dans son article « Batailles de plage. Nudité et pudeur de l'entre-deux-guerres[1] », Christophe Granger explique comment dans l'entre-deux-guerres les stations balnéaires de La Rochelle, Biarritz, Calais ou encore Boulogne sont devenues « le théâtre d'épisodes conflictuels » entre les défenseurs de la pudeur et les partisans du maillot de bain moderne.

Il faut imaginer le bon père de famille et l'honnête mère catholique revenant de la plage, les joues rouges et les lèvres balbutiantes de colère, après avoir subi la vue de corps en partie dénudés sur le sable. Ils crient à l'exhibition obscène, à l'avilissement des mœurs ! C'est une véritable révolte qui éclate alors dans le monde conservateur. Ce qu'ils veulent ? Un maillot de bain ample, bouffant qui cache les chairs et dissimule la silhouette. Les formes ne doivent pas être visibles, surtout dans ce moment périlleux de la sortie

1. Publié dans la revue *Rives nord-méditerranéennes*, 15 juin 2008.

de mer où l'action de l'eau moule le corps. Si l'on peut ajouter une surjupe à sa tenue, c'est bien. Des volants, c'est encore mieux. Enfilez d'ailleurs au plus vite un peignoir pour éviter toute provocation polissonne. Cacher, brouiller, crypter le corps, voici ce que la décence exige d'un bon et honnête maillot de bain.

Cet extrait d'article, paru en 1932 dans *La Nation*, et dont l'auteur de retour de la plage a préféré resté anonyme, donne le ton du scandale :

> *Familles françaises ? Ces ramassis de nudités vautrées sans plus de pudeur dans l'attitude que dans la vêture, si l'on peut dire ? Où le père est plus ridicule que le fils par sa bedonnance ; où, de la mère mafflue, on cherche, en vain, s'il faut incriminer davantage le crime contre l'esthétique que contre la décence ? Quel respect peuvent, désormais, avoir, l'un pour l'autre, ces animaux à face humaine et à langage articulé ? […] Ils compromettent les qualités foncières de la race, de la décence, la pudeur, la modestie, la tenue, le sens du respect. Il est, partout, des inconscients et des vicieux.*

Animaliser les plagistes : l'attaque est rude mais les puritains sont hors d'eux. Ils sentent leur France sombrer par les rives et se vautrer dans une partie de plaisir débridé. Les maris ont peur pour leurs épouses, les mères pour leurs filles. Et si cette malpropreté qu'ils voient partout sur le sable était contagieuse, et si elle gagnait leur respectable famille ? Ce dont ils veulent se protéger, c'est de cette vague de désir, née au milieu des corps dénudés.

Dommage que Sophie Fontanel n'ait pu leur expliquer que le corps est bien plus érotique dans une robe de haute couture que déshabillé à la plage. Là où les réactionnaires voyaient un enfer corrupteur, elle voit une « capitale de la douceur ».

UNE PLAGE SANS FRONTIÈRE

Être nu (ou presque nu) au soleil est si « grisant », selon la chanson de Bardot, qu'on pourrait presque oublier de se rhabiller une fois quittée la plage. Enivré par le bruit des vagues, on imagine que la terre entière s'est changée en un gigantesque Éden.

Ce syndrome, que j'appellerais volontiers le « syndrome du Paradis perdu », est si répandu que les stations balnéaires, aujourd'hui même, sont parfois le lieu de tensions entre les « grisés » de la plage et ceux qui aimeraient la contenir dans ses frontières.

Un article du *Télégramme* du 9 juillet 2019 donne la parole à la patronne de la Maison de la presse de Larmor-Plage : « Tous les étés, c'est le même manège. Il y a toujours des gens qui entrent [...] en maillot de bain trempé, ça dégouline de partout, et ensuite je dois passer derrière pour nettoyer. »

C'est une situation des plus courantes : le promeneur en slip de bain, tongs et porte-feuille à la main, qui, lassé des rayons du soleil, quitte un moment sa serviette pour se dégourdir les jambes. On le voit flâner sur la promenade, s'offrir une glace à la vanille. Après un aller-retour revigorant sur le front de mer, il décide de prendre la perpendiculaire et de s'engager dans une jolie petite rue pavée et commerçante. Le baigneur est ravi de son idée et se laisse tenter par un peu de lèche-vitrines. Il regarde les présentoirs de cartes postales, pense qu'il faudrait en envoyer une aux collègues – surtout celle avec trois femmes nues de dos accompagnées de la légende *AH QUE CUCU !*

Sans s'en rendre compte, notre homme a déjà fait cinq cents mètres, bientôt le double, quand une Maison de la presse se présente. Tant mieux ! il ne lui fallait plus que son magazine préféré pour parfaire cette journée. Il entre et, à la vue du visage renfrogné de la patronne, se dit qu'elle n'a décidément pas le sens de l'accueil. Il se dirige vers les étalages de journaux quand la femme au comptoir l'interpelle en lui montrant le panneau à l'entrée avec la représentation d'un maillot de bain barré d'une grande croix rouge. Il comprend, hausse les épaules et dit :

– Bah quoi ? On est à la plage quand même !

Le conseil municipal a dû réagir face à la profusion d'événements de ce genre. Sous la pression des commerçants excédés, le port du maillot de bain dans les magasins du centre-ville devient formellement interdit en 2019. Selon la chargée de la communication de Larmor, « nous n'aurions pas à prendre cet arrêté si les gens qui continuent à se balader comme ça avaient un minimum d'éducation. C'est tout de même fou que nous soyons obligés de prendre un arrêté pour ces choses-là ».

Pour ma part, je ne trouve pas cela « fou », mais bien naturel car ce que la chargée de communication de Larmor ne prend pas en compte, c'est le pouvoir irrépressible de la plage à s'étendre au-delà de ses limites. Car celui qui s'y est allongé l'emporte avec lui, la déplace au gré de sa déambulation, repoussant ses frontières à chacun de ses pas.

Où commence et où finit la plage ? N'y est-on pas encore un peu quand restent sur nos chevilles des bracelets de grains de sable, que l'on sent une croûte de sel sur nos bras et que notre ventre nu irradie toujours de la chaleur du soleil ?

Elsa Devienne, dans sa thèse *La Ruée vers le sable : une histoire environnementale des plages de Los Angeles au XX*[e] *siècle*, explique que ce phénomène est déjà présent dans les années 1910 sur la côte ouest des États-Unis. La chercheuse a répertorié des centaines d'arrestations de baigneurs par la police dans les magasins, tramways et rues de Los Angeles en raison de leur tenue de bain. Ce qu'on leur reprochait ? Leur exhibitionnisme.

Il a pourtant suffi de quelques décennies pour que la ville opère un revirement spectaculaire dans ce qu'elle considère relever ou non de l'impudeur : Elsa Devienne prend pour exemple un guide touristique de Los Angeles datant de 1941 qui rapporte que l'on trouvait des gens en maillot de bain à six ou sept kilomètres de la plage sans que personne s'en émeuve ou s'en offusque.

Que s'est-il donc passé entre-temps ?

Au début du XXᵉ siècle, les plages de Los Angeles sont très modestes de taille et se trouvent à plus de vingt-cinq kilomètres du centre urbain. Un mouvement général d'agrandissement voit le jour sous la pression des élites locales qui veulent profiter des plaisirs de la mer tout en travaillant dans le quartier d'affaires. Plus de sept millions de tonnes de sable sont donc déversées sur la côte.

Résultat : les plages deviennent des monstres de plus de cent soixante mètres de largeur. Tentaculaires, elles ne semblent plus avoir de limite dans leur dévoration. Et cette transformation spectaculaire et rapide du paysage bouleverse la façon dont les habitants perçoivent l'espace.

Par ce bond géographique vers la ville, la plage devient le territoire maître, dominant, celui qui édicte ses règles et donne le ton à tout ce qui l'environne. Los Angeles se métamorphose en ville-plage ou bien plutôt en plage-ville dont les codes se renversent. La mode du bronzage et le culte du corps prennent le pas sur l'esthétique normée du monde professionnel et de la vie de bureau, et l'homme cousu de tissu se mue en homme dévêtu, en Adonis des sables.

Réussir sa vie, ce n'est plus porter une cravate, mais un maillot de bain. La société du loisir naît à cette époque et accompagne ce changement des mentalités.

La plage déborde d'elle-même et prend d'assaut Los Angeles, imposant partout sa vision d'un corps bronzé et musclé. Dans les années quatre-vingt-dix, ce modèle se popularise dans le monde occidental à travers les médias de masse et des séries comme *Alerte à Malibu*. Le corps balnéaire quitte son espace naturel d'origine et migre à des milliers de kilomètres des côtes, entrant dans tous les foyers dotés d'une télévision. David Hasselhoff et Pamela Anderson s'installent avec leurs maillots de bain rouges dans l'imaginaire collectif. Que l'on soit à Moscou, Berlin ou Palerme, le *beach body* fait rêver. Les salles de musculation ouvrent, les instituts de bronzage font le plein et l'on se blondit les cheveux pour donner l'impression de revenir d'un mois de vacances à la mer.

En un siècle, le littoral, si hostile et menaçant aux yeux des hommes, est devenu un idéal de vie pour une partie de la planète.

Notre pauvre vacancier de Larmor-Plage, rudoyé par la patronne de la Maison de la presse, n'a donc rien fait d'autre en réalité que suivre ce modèle de réussite et de plaisir où la plage, déesse toute-puissante, n'accepte dans le monde aucune frontière.

Car la plage déborde, elle s'échappe des rivages et inonde des terres au point que l'on trouve au parc Monceau et à Hyde Park des personnes qui bronzent sur l'herbe en maillot de bain comme si elles étaient sur la plage de Nice. Les établissements scolaires luttent eux aussi contre cette invasion permanente, en inscrivant dans leur règlement intérieur l'interdiction du port du short de bain pour les garçons qui confondaient les salles de classe avec le bord de mer.

La plage est de toute évidence l'ogresse la plus affamée de tous les temps. Et moi, je m'en réjouis.

PLAGES SENTIMENTALES

PSYCHOLOGIE DES ESPACES

Les plages ne sont pas droites. Je veux dire qu'elles penchent légèrement vers la mer. Au premier regard, ça ne se voit pas. On est trompé par l'immense horizontalité de l'eau qui ferait passer pour plat ce qui ne l'est pas. Mais si on posait sur le sable un de ces niveaux à bulle dont on se sert pour savoir si une étagère est droite, on se rendrait compte de la vérité : la plage est inclinée. Si elle était parfaitement plate, elle n'existerait pas – l'eau la recouvrirait.

C'est même son premier sens. Le mot *plage* apparaît dans la langue française au XIIIe siècle. Selon le dictionnaire de l'Académie, il est « emprunté de l'italien *paggia*, lui-même issu du grec *plagia*, "versant d'une montagne", neutre pluriel substantivé de πλάγιος, *plagios*, "oblique" ».

La plage est l'espace oblique qui descend vers la mer. Premier mirage dont on est victime. Horizontales et verticales s'y brouillent et s'y confondent. C'est ce qui rend son expérience si intense, si euphorisante. Comme de grands verres d'eau pleins à ras bord, les âmes qui s'y rendent y déversent un peu de leur contenu, elles se délestent de leur trop-plein. On rentre chez soi toujours plus léger qu'à notre arrivée.

La géographie de la plage engendre une psychologie bien particulière. Ce sont les mots eux-mêmes qui le révèlent. Ce lieu « penché », « incliné » donne naissance à un penchant, une inclination de l'âme qui se répandra plus facilement sur le sable que partout ailleurs. C'est étonnant que les psychanalystes ne s'en soient pas encore rendu compte et n'aient pas incliné légèrement leur divan pour faciliter la venue de la parole chez leurs patients.

Ce subtil oblique, peu de gens en sont conscients mais tous y sont sensibles. Redressez les plages, supprimez-leur ces quelques degrés de pente douce et la magie s'évaporera.

On ne se perd pas dans ses rêveries de la même façon sur le plat d'un parking ou sur la déclivité du sable. L'inclinaison permet l'inclination, c'est-à-dire cette force intérieure et naturelle de l'âme qui la fait sortir d'elle-même et s'écouler dans le monde extérieur.

Il suffit de regarder *La Leçon de piano* de Jane Campion pour voir réellement l'action de la plage sur une âme. Ada, jeune veuve britannique du XIXe siècle, est envoyée en Nouvelle-Zélande pour épouser Alistair, un colon qu'elle n'a jamais vu et auquel son père la destine. Muette à la suite d'un traumatisme, elle débarque avec son piano sur une plage sauvage (celle de Karekare sur l'île du Nord) où son futur mari vient la chercher, négligeant le piano qui reste sur le sable. La mort dans l'âme, Ada abandonne l'instrument, au soir tombant. Pendant des jours, elle demeure austère, le visage dur et froid comme une pierre. Alistair lui déplaît, l'absence de musique est une torture. Puis elle convainc Baines, un ancien marin, de la conduire à travers la jungle pour retrouver, le temps d'une journée, l'objet de ses pensées.

La scène est mémorable. Ada s'installe à son piano, miraculé après des nuits passées si près des vagues. Les notes s'élèvent sur le rivage, le visage de la femme s'ouvre. Il s'épanouit telle une fleur. Baines erre non loin, fasciné. Les plans se succèdent : la petite fille d'Ada danse avec des paquets d'algues dans les mains, trace dans le sable d'immenses hippocampes couronnés de coquillages, joue à quatre mains avec sa mère. Celle-ci ferme les yeux et oscille gracilement de la tête, enfin heureuse – c'est le premier sourire d'Ada dans le film. La musique la pénètre. Et partout, sur chaque image, la plage.

Est-ce le piano ou le décor qui permet la métamorphose de l'héroïne ? Les deux évidemment. Si Jane Campion a choisi une plage et non un champ, une falaise ou une forêt, c'est bien parce qu'elle a conscience que ce lieu a un pouvoir d'épanchement sur tous ceux qui s'y rendent. Ada a souvent les yeux fermés ou rêveurs lors de cette scène, mais Baines, lui, contemple. Sur le sable, son âme aussi s'ouvre et déborde : il tombe amoureux.

En littérature, c'est le personnage de Clelia, dans *La Spiaggia* de Cesare Pavese, qui symbolise le mieux la puissance de l'oblique. Aussitôt arrivée sur le sable, elle s'écarte de ses amis et fait bande à part pour se réfugier un peu plus loin sur des rochers.

> *Dans les silences qui suivaient, nous écoutions le clapotis de l'eau sur les galets. L'ami Guido disait toujours que ce clapotis était le vice de Clelia, son secret, l'infidélité qu'elle nous faisait à tous. « Je ne trouve pas, dit Clelia, je l'écoute, nue et étendue, au soleil, et peut nous voir qui veut. – Qui sait ? dit Guido. Qui sait les choses qu'une femme comme vous se fait raconter par les vagues. J'imagine ce que vous vous dites avant, quand vous vous étreignez. »*

Guido pressent l'épanchement mais il suspecte avec jalousie une tromperie, sans rien comprendre à la psychologie toute balnéaire de Clelia. Il faut dire que celle-ci n'est pas accoutumée à la solitude, elle a d'ailleurs avoué au narrateur : « Je parle, je parle, parce que j'ai une langue et que je suis incapable de rester seule. » Et pourtant, le bord de la mer lui offre comme un dépouillement intérieur. La parole vide et constante n'est plus nécessaire : on écoute en silence le « clapotis des vagues ». Et la peur de la solitude s'évapore. Clelia s'isole pour que son âme se meuve et rencontre enfin quelque chose de vrai.

Dans ce roman de la vie mondaine et oisive sur la côte génoise, seuls ces moments à l'écart et à demi cachés sur la plage laissent apercevoir la profondeur d'un personnage. Clelia est la plus réceptive à la géographie oblique où l'âme entre en mouvement. Naturellement et presque instinctivement, elle souhaite ne pas être en présence d'autrui lorsque son âme s'ouvrira. Qui sait ce qui s'en échappera ?

Plus loin dans le roman, Clelia dit : « La compagnie de la mer me suffit. Je ne veux personne. » L'écriture de Pavese n'est faite que de suggestions. Rien n'est véritablement dit. Le narrateur également reste en partie aveugle. Mais le lecteur, lui, devine le sens de ces moments solitaires, il comprend là où Guido ne perçoit que des « bains mystérieux ».

L'AMOUR À LA PLAGE

Lorsque l'âme, sous l'effet du vent et des embruns, s'ouvre enfin en grand, le premier sentiment à s'y engouffrer est très souvent la passion amoureuse. C'est en tout cas ce que la culture populaire laisse penser.

Dans sa chanson « L'amour à la plage », Niagara associe les « coquillages » aux « baisers », tardive rectification des paroles de Brigitte Bardot dans « La Madrague » qui se contentait en 1962 du chaste couple « coquillages et crustacés ». Mais Niagara a bien raison : c'est sur la plage que l'on a « le cœur tout retourné », que l'on formule ces éphémères promesses : « Là je t'embrasserai jusqu'à la fin de l'été. » Si la plage permet un épanchement, c'est donc bien celui-ci.

Un tour d'horizon de l'univers musical permet de se rendre compte de cette évidence, formulée par Dalida elle-même dans le titre de sa chanson « Le Sable de l'amour ». Lorsque Madonna, dans « Cherish », demande à Cupidon de la transpercer d'une de ses flèches (*Cupid, please take your aim at me*), Herb Ritts décide de réaliser le clip sur la Paradise Cove Beach à Malibu. Madonna chante, danse, s'ébat dans les vagues en compagnie de trois hommes-tritons, nus et parfaitement musclés. Plage et amour comme indissociables. Tout est érotique dans ces images en noir et blanc.

Passage obligé du désir, la plage a vu défiler presque toutes les chanteuses américaines dans leurs clips : Nicki Minaj, Jennifer Lopez, Beyoncé, Taylor Swift, Christina Aguilera, Rihanna, Mariah Carey et tant d'autres qui surgissent de l'océan, telles des Vénus des temps modernes. Faut-il rappeler que la déesse de l'amour est née de l'étrange rencontre de l'écume et du sperme d'Ouranos tombé dans la mer ?

Aussi Shakira, dans le clip de « Whenever, Wherever », et Nicki Minaj, dans « Starships », surgissent-elles des vagues, de façon botticellienne, avant de mettre un pied sur le sable. Chacune très dévêtue, répandant des vagues de sensualité autour d'elle. Vénus et plage se mêlent l'une à l'autre pour forger un mythe sensuel, un fantasme qui a imprégné l'imaginaire de toute une époque.

Mais, pour trouver une façon plus originale d'envisager l'oblique de la plage, il faut revoir le clip de « Sans contrefaçon », réalisé par Laurent Boutonnat en 1987. Le synopsis, auquel Mylène Farmer a participé, met en scène un marionnettiste qu'une femme étrange et habillée de noir dépouille de sa marionnette avant de s'enfuir sur une lande morne. Lancé à sa poursuite, il la retrouve sur la plage (l'une de celles de La Hague, dans le nord du Cotentin) et découvre une chose incroyable : la marionnette a pris vie – et s'est changée en une jeune femme rousse, aux yeux timides.

Le monde dans lequel évoluent les personnages n'a rien de la station balnéaire au soleil éclatant. Chez Boutonnat, le ciel est nacré, l'air chargé de brume et la plage, grise. Et pourtant, son pouvoir reste intact. Dans un plan où les rafales de vent laissent deviner la morsure du froid, le marionnettiste et Mylène Farmer échangent un baiser sur le sable mouillé de pluie. Puis le charme se rompt, la chanteuse de chair et d'os redevient bois.

Que faut-il donc penser ? Y a-t-il eu métamorphose comme chez Ovide et, inspirés par l'esprit du rivage, les personnages se sont-ils épris l'un de l'autre ? Ou bien le marionnettiste a-t-il laissé se déverser plus que de raison son cœur sur le sable, laissant naître un amour si gigantesque qu'il est parvenu à changer sa créature en femme réelle ? Quel désir s'est-il donc accompli ici ? Laurent Boutonnat laisse libre l'interprétation, affirmant toutefois la toute-puissance de la plage sur les êtres qui s'y aventurent – même en plein hiver.

Envisageons maintenant une seconde le temps où la passion vient à s'éteindre, faut-il pour autant quitter la plage ? Lana Del Rey répond non : la rive reste encore idéale pour chanter le chagrin d'amour.

> *Lovin' you is hard, bein' here's harder* (T'aimer est difficile, être ici encore plus)
> *I don't wanna do this anymore* (Je ne veux plus jouer à ça)
> *All I wanna do is get high by the beach*[1] (Tout ce que je veux faire c'est me défoncer à la plage)

---

1. « High by the Beach », Lana Del Rey.

Après la rupture, Lana ne trouve qu'une solution pour oublier sa peine : se droguer et livrer son âme aux pouvoirs absorbants du rivage : *We're sinkin' into the sand.* Car tout s'efface sur le sable, l'amour, les souvenirs, le désir de vivre – jusqu'à ce qu'un nouvel amour naisse, encore une fois sur la plage – comme dans le clip « West Coast ».

Image de notre âme amoureuse et volatile, le sable est la matière sensuelle par excellence, le lieu de l'amour. On le touche, on le caresse, on le griffe. Et puis, au moindre coup de vent, tout est effacé. Symbole de l'amour inconstant. Pour Jean-Didier Urbain, le sable « est la terre de l'oubli[1] ».

1. Jean-Didier Urbain, *op. cit.*

DU JEU ÉROTIQUE AU DANGER

Le thème de la plage amoureuse a été abondamment filmé. Il a donné naissance à une multitude de scènes cultes qui peuplent l'imaginaire collectif. Pour ma part, je retiens celle-ci dans le fabuleux *Bianca* de Nanni Moretti.

En plan large, on découvre une plage livrée aux couples amoureux qui, allongés, assis ou debout, échangent caresses et baisers. C'est l'unique façon d'être sur la côte selon le réalisateur. Elle ne se conçoit qu'en duo et en plaisirs érotiques partagés. Alors, lorsque entre dans le cadre le personnage de Michele Apicella, double de Nanni Moretti dans nombre de ses films, l'harmonie du lieu se brise car Michele est seul.

D'emblée, il affiche la figure de l'intrus qui sait sa présence illégitime dans ce havre d'amour. Il doit donc partir ou trouver une jeune femme avec qui se fondre dans le décor. C'est cette dernière option qu'il choisit en découvrant, offerte sur sa serviette, une ravissante créature au dos dénudé. Il avance, observe les couples alentour et, dans un haussement d'épaules comme une dernière capitulation à ces mœurs étranges, Michele s'allonge et couvre de son corps celui de la femme. À Rome, faisons comme les Romains !

Absurde, comique, dérangeante aussi aujourd'hui, cette scène révèle combien la plage est nourrie d'un imaginaire amoureux et érotique. Que ce soit l'apparition de la première James Bond Girl, Ursula Andress en 1962, véritable Vénus anadyomène, dans des vagues jamaïcaines, qui envoûte Sean Connery, ou plus récemment les jeux amoureux de la jeunesse contemporaine dans *Mektoub my love* d'Abdellatif Kechiche en 2017, le cinéma n'a de cesse de filmer la plage comme le lieu idéal au déploiement voluptueux de l'être humain.

D'érotique, elle se fait sentimentale dans *Pauline à la plage* d'Éric Rohmer (1983). Dans cette comédie à la Marivaux qui s'ouvre et se ferme sur le plan d'un portail de maison de vacances, comme s'il s'agissait d'un rideau de théâtre, la plage de Jullouville est la scène principale de jeu, celle où les personnages se découvrent, se séduisent et se choisissent. Marion et Pauline y rencontrent Pierre qui tombe amoureux de Marion, puis quelques minutes plus tard Henri dont Marion s'éprend aussitôt. C'est ensuite au tour de Sylvain d'entrer en scène pour devenir le jeune amoureux de Pauline. Dans ce film, on ne se baigne pas, on ne s'allonge pas sur sa serviette mais on se tient debout sur la plage comme sur une scène de théâtre. On s'y rend pour marcher, pour faire semblant d'apprendre à tenir une voile, mais surtout pour aller à la rencontre de l'autre. Elle est l'endroit où l'on va quand on veut trouver quelqu'un. On ne sonne pas à sa porte, Pauline ignore l'adresse de Sylvain et Sylvain celle de Pauline. Alors on descend sur le sable et l'on observe ses grandes étendues à la recherche d'une silhouette.

Comme le dit Marion, jouée par Arielle Dombasle, à Pierre qui, jaloux, refuse de voir Henri : « Ça ne t'empêche pas d'aller à la plage. Elle est autant à lui qu'à toi ! », la plage est l'agora des stations balnéaires, leur place publique où les protagonistes vont et viennent en quête de rencontre. Lieu neutre que personne ne possède, elle établit un rapport d'égalité entre les uns et les autres, contrairement aux espaces intérieurs, propriétés privées où les règles changent. On doit toujours quelque chose à celui qui nous reçoit chez lui.

Si l'on parle beaucoup, énormément dans ces maisons ou jardins clos et protégés quelques dizaines de mètres derrière les dunes, c'est bien moins le cas dans les scènes de plage, où quelque chose comme le vent, le désir de plaire ou bien la lumière changeante empêchent les longs développements de pensées au profit du regard, des déplacements et des corps dénudés. La réflexion, le raisonnement, la philosophie se déploient à l'intérieur des maisons : Comment aimer ? Qui aimer ? Pourquoi aimer ? Mais c'est sur la plage que l'on passe à l'action, une action vouée à échouer systématiquement non seulement parce que l'amour est une comédie de masques, une comédie insincère où l'on s'illusionne, mais aussi parce qu'il se joue sur un lieu de hasard. En effet, Marion y rencontre par hasard Pierre, et c'est le hasard si Pauline n'y retrouve pas Sylvain. Tout se passe comme si les discours bien construits, bien ciselés de l'arrière-plage s'enlisaient dans les sables mouvants des dunes.

À la fin du film, les personnages préfèrent quitter ce théâtre du bord de mer, trop dangereux, où chacun a perdu un peu de ses rêves.

*

Les naïfs, les cœurs tendres, les néophytes feraient mieux de se méfier des périls que comporte la plage. Chez Rohmer, elle condense les jeux de l'amour. Dans le récit autobiographique de Dolores Prato, *Brûlures*, elle symbolise tous les dangers du monde que rencontrera une jeune fille restée cloîtrée sa vie entière dans un couvent. Le livre s'ouvre d'ailleurs par un avertissement :

> *Dans ce couvent on parlait beaucoup de mystères : quand il s'agissait de mystères célestes, les propos étaient sereins, amples, détaillés ; quand il s'agissait de mystères terrestres, ils étaient nerveux, rapides, sous-entendus plutôt que développés : c'étaient des allusions si fuyantes qu'elles ressemblaient au geste de celui qui touche quelque chose de brûlant.*

Et en effet, on évoquait souvent certaines « brûlures », sans plus de précisions, que le « monde » avait l'habitude d'infliger à ceux qui avaient trop de familiarités avec lui.
« Le monde », pour qui ne le saurait pas, c'était tout ce qui existait sur la terre en dehors des couvents, qui appartenaient déjà au Royaume des Cieux.
Je ne sais pas pourquoi, mais quand on parlait de ces brûlures, regards et paroles s'adressaient plus souvent à moi, comme si un sage et lumineux pressentiment avertissait que j'étais plus exposée que les autres à ce genre d'accidents.

Dolores aurait donc un penchant inné pour la brûlure. En effet, où se rend-elle dès que l'occasion lui est donnée de quitter son couvent ? À la plage… L'endroit l'attire inéluctablement.

Quand j'y arrivai pour vivre cette journée de joie, j'étais légère comme un papillon dans le soleil. Je trouvai la fille de ma mère, les épaules et les bras nus, déjà tout bronzés ; je lui dis :
– Comme tu es belle ! Je veux devenir noire comme toi.
– Quel goût ! Tu es déjà bien assez noire comme ça ! Et puis on ne peut pas bronzer en un jour.
– Non ?
– C'est l'action combinée de l'eau et du soleil qui fait bronzer.

– Ah oui ?

Je savais déjà comment faire : répéter sans cesse, pendant tout le temps que je serai à la plage, cette action combinée de l'eau et du soleil.

Je n'avais pas de maillot de bain ; j'enlevai mes chaussures et mes bas puis, en ramassant et relevant très haut ma robe sur mes jambes, j'entrai dans l'eau : un coup de couteau qui me fit rire et pousser des cris. Et ces vagues qui arrivaient par surprise là où je ne l'aurais jamais permis ! Un cri et un éclat de rire qui se superposaient.

Le bronzage est une découverte pour une jeune fille qui a vécu pendant des années comme une nonne. Il faut imaginer la blancheur laiteuse de celles qui ont vécu recluses, à l'ombre d'un cloître. Quel contraste saisissant avec les bras et les jambes déjà tout « noirs » de sa sœur ! Mais dans cette fascination pour le bronzage, il y a une zone d'ombre : la noirceur des membres qui l'attire ne serait-elle pas celle du diable dont on lui a appris à se méfier ? N'annonce-t-elle pas sa chute ?

Arrivée sur le rivage, elle soulève sa robe et laisse les vagues venir visiter son corps. Découvrant la sensualité, elle utilise une image phallique et menaçante, celle du couteau, pour signifier, avec innocence, ce premier coup de canif qu'elle porte au contrat qui la lie au couvent. Cris et rires achèvent de transformer ce premier bain de mer en extase du corps.

Mais Dolores sera punie pour ce péché. Novice à la plage, elle commet sa première faute en ignorant les dangers du soleil :

> *Quand je fus bien sèche et chaude comme un pare-feu, je me levai et retournai dans l'eau. Et je fis cela toute la journée sans me lasser. Je voulais bronzer comme la toute belle qui me regardait avec un superbe détachement. Pour moi qui étais déjà brune de peau, peut-être qu'un seul jour suffirait.*
> *Quand le soleil baissa, je ne pouvais plus bouger les jambes ; elles étaient gonflées et rouges, comme mes bras, comme mon visage, et j'étais tout en feu parce que je brûlais de l'intérieur et de l'extérieur. Il fallut que je me mette au lit […].*

Victime d'une sévère insolation, la fièvre la cloue toute la nuit au lit. Incapable d'ouvrir les yeux, elle ressent « une douleur épouvantable comme si des marteaux enflammés tapaient dans et sur [s]a chair ». N'y a-t-il pas des représentations médiévales de ce genre de sévices subis par les damnés de l'Enfer ?

Ce n'est pas faute d'avoir été prévenue par les sœurs : le monde extérieur est dangereux, brûlant. Il vaut mieux pour les créatures délicates comme elle vivre derrière les murailles froides et protectrices du couvent.

La suite du récit donne une dimension bien différente à la plage.

Ayant une inclination naturelle pour le monde, sa deuxième interaction avec celui-ci aura encore une fois pour objectif le bord de mer. Une jeune fille du groupe de missionnaires apostoliques qu'elle avait rejoint l'invite « à passer quelques jours avec elle à la mer », lors des vacances d'été.

Au comble du bonheur, elle répond à l'invitation, mais la sortie à la plage est sans cesse repoussée par son amie qu'elle découvre horriblement bigote. Leurs journées se passent en prières et en visites d'église où Dolores fait preuve d'un caractère têtu : elle refuse de s'incliner devant l'autel, reste muette quand on lui demande de prier et repousse toute manifestation excessive de dévotion. Ce qu'elle veut, c'est aller à la plage, pas rendre visite à Dieu.

La tension entre les deux jeunes filles atteint son comble lorsque l'amie de Dolores feint pendant son sommeil une crise d'exaltation religieuse où elle enjoint Jésus de pardonner à ceux qui ne l'aiment pas. Dolores sait qu'elle est visée, elle lui saisit les bras et la secoue violemment sans parvenir à la tirer de sa transe.

La plage est au centre de leur lutte. Celle qui veut y aller est condamnée par l'autre d'impiété et il ne reste plus qu'à prier Jésus pour la délivrer de sa tentation d'aller voir ce lieu habité par le diable. Une dispute finalement éclate au cours de laquelle les jeunes filles se disent leurs quatre vérités.

– *Malheureuse ! Moi j'offre ma vie pour ton salut et toi...*
– *C'est la mer que tu m'avais offerte, pas ta vie. Celle-là tu ferais mieux de la garder pour toi !*

Un étrange antagonisme se forme donc à la fin du récit entre la plage et la dévotion des bigots. À la folie des uns pour Jésus répond ce qui semble devenir chez Dolores le mouvement pur de l'âme vers la nature. Le lecteur ne peut qu'avoir envie d'aller se baigner avec elle plutôt que de suivre l'exemple d'une fanatique. Tout se passe comme si les sentiments naturels et sains de l'âme guidaient la protagoniste vers la mer. Dolores se fait poisson et rêve de plonger dans l'eau.

Il ne faut pas oublier que le poisson est un symbole religieux. Il était utilisé par les premiers chrétiens persécutés comme signe de reconnaissance. Il fallait lire dans le mot ἰχθύς (poisson en grec ancien) les initiales de la profession de foi Iêsoûs Khristòs Theoû Uiòs Sôtḗr (Jésus-Christ Fils de Dieu, le Sauveur).

Le récit opère donc un renversement total de la symbolique de la plage. Du lieu à fuir comme marqué par les flammes de l'Enfer, elle devient la bordure d'un monde béni de Dieu.

Loin de la brûlure infernale, Dolores, véritable chrétienne parmi les hypocrites, est donc portée par un amour de la vie si vif qu'il prend la forme d'un feu vital et divin.

SEA, SEX AND BEACH

LES LIMBES

Un jour, sur l'île de Milos, nous avons quitté le sentier pour marcher à travers la garrigue. Nos pieds s'enfonçaient dans le thym et les ronces avec une odeur chaude de terre qui se dégageait du sol. C'était tout près du village de Mandrakia. De l'autre côté de la baie rocheuse, nous avions aperçu ce qui semblait être des plages de sable fin, si isolées qu'elles étaient désertes. Nous sommes arrivés deux heures plus tard, les chevilles en sang et le dos cuit par le soleil. Mais les trois criques qui se lovaient au creux d'une falaise en valaient bien la peine. Nous nous sommes installés dans la première des trois, savourant le réconfort du sable moelleux. Mandrakia, ce minuscule hameau aux ruelles peintes de bleu et de rouge brillait sur l'autre rive, presque brumeuse de chaleur. Délestés de nos vêtements, nous étions épuisés mais heureux d'avoir découvert ce havre de beauté. Un pin incliné dont les racines couraient derrière un gros rocher rose jetait une ombre bienvenue sur nos serviettes.

– Viens, on va dans l'eau.

Nos oreilles étaient pleines de la musique répétitive des vagues. Dans la mer translucide, je voyais nager par bancs des crevettes grises autour de nos jambes. Mètre après mètre, nous nous éloignions de la rive. La falaise vertigineuse semblait ployer au-dessus de nos têtes, presque vaciller. J'essayais de retrouver là-haut le parcours que nous avions emprunté pour venir jusqu'ici mais, au milieu de l'eau, tout semblait différent. Je ne reconnaissais rien.

De l'autre côté, Mandrakia se balançait à l'horizon comme une barque ballottée sur les flots. Sans nous en rendre compte, nous dérivions et des pans entiers du paysage apparaissaient autour de nous. C'est toujours fascinant de voir la côte s'ouvrir comme un rideau de théâtre. Nos regards pouvaient maintenant atteindre les criques voisines, j'étais curieux de les découvrir. J'ai nagé vers l'une d'elles quand j'ai aperçu deux silhouettes sur le sable. Un couple.

Je m'approchais encore. Ils faisaient l'amour. J'ai vite fait demi-tour et dit à Christophe :

– Je crois qu'on n'est pas seul…

Je n'étais pas si étonné que cela. Les plages sentimentales deviennent parfois charnelles. J'ai vu l'année dernière *L'Inconnu du lac* d'Alain Guiraudie. Dans ce film, la plage borde le lac de Sainte-Croix, aux pieds des gorges du Verdon. Écrin de nature exceptionnel où un soleil couleur vanille inonde la pellicule et recouvre tout : l'eau, les galets, les corps. Un à un, les personnages entrent sur la rive comme sur une scène de théâtre. Ce sont des homosexuels en quête de partenaire(s). Ils sont nus et solitaires. Au bord du lac, ils se guettent, s'observent, échangent des signaux pour faire comprendre leurs désirs. Avec lenteur et nonchalance, les corps s'exposent et Guiraudie filme en plans audacieux, parties génitales au centre du cadre, visage échappé en hors champ. *L'Inconnu du lac* montre les pratiques, les habitudes et la vie particulières d'un type de plage en marge : la plage gay faite pour le sexe – où les familles, les enfants et les femmes ne viennent jamais.

Ici, tout est sexuel évidemment. Et pourtant, lorsqu'un couple se crée sous le soleil, il s'échappe, fuit, comme avalé par le bois sombre derrière lui. C'est là, dans des taillis et des bosquets, qu'ils couchent ensemble. Jamais sur le rivage. Le décor de Guiraudie est un théâtre : la plage en est la scène principale, celle où l'on se représente, où l'on se montre, le bois en est les coulisses où, comme chez Racine, les actes qui contreviennent à la bienséance sont rejetés, indignes d'être montrés aux spectateurs. Mais la caméra de Guiraudie pénètre dans le bois et nous montre des coulisses au sol jonché de préservatifs et de mouchoirs usagés.

Je crois que, si l'on demandait à des spectateurs où couchent les personnages du film, beaucoup répondraient innocemment : sur la plage. Comme si elle attirait à elle toutes les scènes de sexe. Mais elle n'en est que le prélude, l'impulsion.

La plage filmée par Guiraudie s'oppose à « l'autre plage », celle des hétérosexuels, des familles, qui s'étend ailleurs, plus loin, inaccessible. Lieu de relégation, d'exil, celle de Franck et de ses compagnons est en dehors du monde, séparée de lui par une frontière d'eau morte.

On est loin de la vision érotique d'un couple s'unissant sur le sable. Le sexe ici plonge les personnages dans une sorte d'au-delà.

Les plages de drague homosexuelle sont souvent ainsi faites. Loin de tout, cachées, honteuses. Mais surtout leurs frontières sont nettes. Il n'y a pas d'incertitude quant au tracé de leurs territoires. Dans le roman *Numbers* de John Rechy, le lecteur découvre cette stricte répartition du rivage, dans l'environnement quasi urbain des plages de Los Angeles. Le personnage central, Johnny Rio, ancien prostitué homosexuel, revient en ville après trois ans d'absence et se met en quête des fantômes de sa vie passée. Cinémas, parcs mais aussi plages sont les lieux privilégiés de ses pérégrinations. Entre Santa Monica et Los Angeles, il retrouve une côte peuplée de groupes distincts et rassemblés en petits villages communautaires.

Les premiers étaient composés d'hommes baraqués qui se regroupaient de manière ostentatoire pour soulever des poids sous le soleil ; il était évident, pourtant, qu'ils venaient pour s'exhiber les uns aux autres (les corps musculeux oints d'huile brillante prenaient des poses que le corps proscrit) [...]. Ensuite, sur la plage, suivaient des espèces de limbes peuplés d'enfants, de familles, de jeuneshommes (sic) et de femmes. Se raréfiant, ils cédaient la plage à un autre groupe identifiable : des hommes et des femmes bronzés à la peau pulpeuse, trempés de sueur, vêtus de caleçons et de maillots de bain, sempiternellement occupés à frapper une balle avec des petites raquettes [...]. Derrière les cours privées bordées de fil de fer, encore des limbes, et puis une poche de lycéens et d'étudiants de première année, beaucoup de surfeurs, séparés par d'autres limbes de la partie « homo » de la plage.

Envisager la plage comme une série de limbes n'est pas courant. Et pourtant, « *limbus* » en latin signifie « bordure, frange ». La côte est donc effectivement un limbe. Mais, dans les yeux de Johnny, l'interprétation chrétienne domine : les limbes sont, comme l'explique Voltaire, une « espèce d'enfer mitigé, [...] proprement bord d'enfer, faubourg d'enfer, où vont les petits enfants morts sans baptême[1] ».

1. Voltaire, *Dictionnaire philosophique.*

Dans cette géographie telle que la décrit Rechy, « la plage à pédés » et celle des culturistes sont autant d'enfers que Johnny doit traverser. Le passage de l'un à l'autre peut être périlleux comme le montre le parcours d'une « jeune tapette mince, frêle et très follasse […] visiblement perdue » qui cherche les siens et se perd dans le monde des bodybuilders. Aussitôt, « une gigantesque vague de hululements, de huées et de sifflements » s'élève et s'abat sur elle.

Lieu de périls, mais aussi de commerce. Johnny avait l'habitude d'y chercher ses clients. Mais aujourd'hui, la plage gay est menacée :

> *[…] l'ennemi omniprésent connu sous le nom de Municipalité avait lancé une guerre sans merci pour DÉBARRASSER LA PLAGE DES INDÉSIRABLES. […] Le bar et le stand à hamburgers ont disparu. Il n'en reste aucune trace […] À la place, il y a un parking en béton ; pour complaire aux voitures, ils ont même réduit la largeur de la plage. Là encore, […] une dizaine d'homosexuels (disséminés parmi les familles et les enfants) continuent de s'accrocher obstinément à leur bout de plage.*

Cette lutte de territoire et de pouvoir qui se joue ici n'a rien de dérisoire : il s'agit de la survivance ou non d'un type d'individus. Il faut placer le roman dans le contexte des années soixante, où les homosexuels aux États-Unis sont rejetés, blâmés, et condamnés soit à la solitude, soit à la marginalité. Ceux qui veulent côtoyer leurs semblables doivent donc échafauder des tentatives de rencontres toujours furtives dans des lieux périphériques.

Perdre sa plage, c'est donc perdre une partie de soi, perdre l'un des rares lieux de contact. Où être gay, rencontrer ses amants et vivre sa sexualité quand un parking a remplacé la plage ?

Dans *L'Inconnu du lac*, Henri, un homme qui se définit comme un hétéro qui couche avec des hommes, se rend tous les jours sur la plage gay. Il s'installe un peu à l'écart, ne fréquente personne à part Franck, le héros, avec qui il discute de temps en temps. Pourquoi vient-il sur un lieu de drague si ce n'est pour draguer ? Les autres personnages ne le comprennent pas. Henri répond : « Je me sens bien ici. » Loin de la satisfaction ou même de l'expression d'un désir physique, il sent qu'à cet endroit précis, fréquenté par des êtres qui lui ressemblent, il n'est plus obligé de jouer un rôle. Ici, il peut devenir celui qu'il est véritablement. Pour Henri, qui ne drague pas et ne couche avec personne, elle représente un chez-soi où l'on est bien, en paix, parmi les siens. Nul besoin de chercher un partenaire, il est en compagnie d'une communauté d'êtres, avec lesquels il n'est plus un étranger, là où sur la plage des hétéros et des familles, il se sent un intrus.

Pour toute une génération d'homosexuels, la plage gay est une bordure du monde où leur être profond peut enfin remonter à la surface et s'exprimer sans gêne, loin des carcans sociaux qui les oppriment. La plage est émancipatrice, elle est une bulle d'air qui permet la formulation et l'accomplissement des désirs, l'affirmation d'une identité qui sont ailleurs refoulés et cachés. Dans un monde entièrement corseté, elle est pour les homosexuels des années soixante à quatre-vingt un pays de liberté.

SOUS LES PAVÉS, LA PLAGE !

Impossible d'aller visiter les deux autres criques de la côte. Le couple qui fait l'amour nous en empêche. Je ne veux pas avoir l'air d'un voyeur. Nous revenons donc à la nage vers notre plage.

– Ils avaient une guitare posée à côté d'eux, dis-je à Christophe.

– Ce sont peut-être des descendants de hippies.

Il a raison. Bêtement je pense à des scènes du *Gendarme à Saint-Tropez* où Louis de Funès et sa brigade font la chasse aux nudistes. Ça m'a toujours fait rire.

Le soir venu, au moment de quitter la crique, nous n'avons pas croisé l'autre couple. S'étaient-ils éclipsés avant nous ? Étaient-ils encore là ? Je tends l'oreille pour entendre un air de guitare, mais rien.

Aux origines des hippies, pas de plage. Ils sont nés dans les grandes villes américaines, lors de manifestations ou de concerts comme celui de Woodstock. Les plages viennent ensuite, avec l'envie de nature. Ils les affectionnent tout particulièrement et c'est avec des pantalons *patte d'eph* cousus de fleurs colorées qu'ils les envahissent comme pour mieux fuir la société matérialiste. *Sous les pavés, la plage !* scandent presque à la même époque les étudiants français de mai 1968. Dans ce mouvement mondial, la côte devient pour toute une partie de la jeunesse un nouvel Éden à conquérir.

Sur le sable, les hippies chantent, grillent des sardines et font l'amour. C'est une image clichée, certes, mais beaucoup d'archives attestent de sa relative véracité, comme l'iconique documentaire *Revolution* de Jack O'Connell. Il a été tourné au cours du fameux *Summer of Love* de 1967 et montre toute une jeunesse animée par de nouveaux idéaux. Leur mot d'ordre est *Free Love*, et la liberté sexuelle s'impose à eux.

Dans une séquence de *Revolution*, une jeune femme nue, assise sur le sable, définit ainsi la philosophie de la *Sexual Freedom*

League, organisation liée au mouvement hippie : « Tout acte sexuel entre deux adultes consentants devrait être légal et ces personnes ne devraient pas être inhibées dans l'expression de leur sexualité. » À l'arrière-plan, de jeunes gens s'amusent, nus, dans les vagues. La plage devient l'un des décors de la révolution en marche.

La *Sexual Freedom League* est fondée par Jefferson Poland et Leo Koch. Le poète Allen Ginsberg et l'acteur Julian Beck font partie des premiers adhérents. Nudisme, liberté de mœurs et lutte contre les discriminations sexuelles sont les maîtres mots de l'organisation si bien que la côte devient naturellement un lieu de revendication.

En 1965, Poland et trois autres membres se rendent à l'Atlantic Park, sur la plage publique de San Francisco où la nudité est formellement interdite. Sous les yeux des journalistes qu'ils avaient préalablement avertis, le groupe militant se dévêt entièrement et scande : *Why be ashamed of your body ? Sex is clean ! Law's obscene !* L'événement est abondamment relayé dans la presse, notamment dans le *Times*, attirant à l'Atlantic Park toute une foule de curieux et de sympathisants.

La révolution des corps, des mentalités et des sexualités passera donc par le rivage. Les hippies y bâtissent un joyeux refuge anti-bourgeois et anticapitaliste. Leurs parents se tiennent évidemment à l'écart de ce monde où l'on se dénude et se drogue trop facilement.

Moment historique : ce sont les hippies qui introduisent la musique sur le rivage. Les mélodies de Bob Dylan et de Janis Joplin se mêlent aux bruits de vagues. Le festival de l'île de Wight durant l'été 1970 en est l'exemple parfait. Entre les concerts de Joni Mitchell, des Doors et de Joan Baez, les festivaliers se ruent par centaines sur la côte où ils se déshabillent, chantent et dansent nus au son des guitares. Le photographe David Hurn de l'agence Magnum y était, mais, au lieu de se concentrer sur les groupes qui jouaient sur scène, il a tourné son objectif sur cette nouvelle jeunesse. C'est grâce à lui que l'on peut voir des clichés fantastiques de foule nue dans les vagues battant des mains en rythme. Les visages sont jeunes, presque juvéniles,

les cheveux longs et en bataille. Il y a dans les yeux une insouciance et une candeur désarmante. Personne ne pense à demain. Ils sont dans l'instant présent.

Musique, nudité et plage : voici la formule hippie d'un nouvel hédonisme. Ce n'est pas un mythe. Les photos de David Hurn en témoignent. On s'amuse et on s'allonge sur le sable en signe de protestation : non à la vie productive, non à une existence dédiée au labeur. Le slogan *Peace and Love* résume en lui-même toute la mentalité du mouvement qui s'oppose à la guerre du Vietnam. Une autre photo montre d'ailleurs un groupe de festivaliers nus dans la mer formant de leurs bras brandis en l'air le signe de la paix.

Le rivage a été tant prisé lors de ces concerts sur l'île de Wight en 1970 que l'on pourrait se demander où se passait véritablement le festival : sur la scène installée dans les terres, ou bien sur la plage ?

*

J'ai découvert une chose étonnante. Un itinéraire hippie allait de plage en plage depuis l'Europe jusqu'à Katmandou.

Comme une route de la soie à l'envers. Une dizaine d'étapes le long des côtes pour des milliers de voyageurs hippies.

Première étape : Ibiza. Là se retrouvent artistes et intellectuels qui fuient la dictature de Franco et la société de consommation naissante dans le reste de l'Europe. Ils investissent les petits villages, colorent les maisons de pêcheurs et se retrouvent sur les plages. Le soir, au coucher du soleil, ils célèbrent le déclin de l'astre lumineux au rythme des percussions, dans une vapeur de drogues diverses. Car le nirvana s'atteint aussi par des moyens détournés : opium, hasch, L.S.D.

Étape suivante : la plage de Matala, haut lieu hippie qui se situe en Crète. Elle accueille dans les années soixante-dix une foule d'Occidentaux en transhumance. Le long de la côte, une falaise creusée de grottes s'élève au-dessus de la mer. Certaines étaient déjà habitées dans l'Antiquité par des ermites ascétiques, on dit même que c'est dans l'une d'entre elles que Brutus, après avoir assassiné son père César, est venu se réfugier. Le temps d'une escale *Flower Power*, les hippies ont donc pris leur place. Le soir, la plage de

Matala s'illuminait ici et là de feux de camp. Les locaux regardaient étonnés cette masse de jeunes gens venus de l'ouest chanter et rire. La cohabitation se faisait plutôt bien, paraît-il. Bob Dylan, Cat Stevens et Joni Mitchell s'y sont même retrouvés sous les yeux des vieux pêcheurs crétois. Ceux des hippies qui n'occupaient pas une grotte dans la falaise construisaient à la va-vite et avec les maigres moyens disponibles une paillote le long du rivage. Ils dormaient là dans le dépouillement le plus complet. L'entraide, la solidarité et une grande insouciance permettaient d'oublier les conditions de vie précaires.

Aujourd'hui, certaines grottes de Matala ont été murées par mesure de sécurité – on trouve les photos sur Internet de ces murs de brique au milieu de la falaise –, et les paillotes de l'époque n'existent plus. Mais on peut encore aller s'attabler à la terrasse de restaurants dont les fresques murales représentent le visage de Bob Dylan environné de grosses fleurs jaunes souriantes.

Prochaine étape : la « Mecque des hippies », Anjuna, à Goa, petit État au sud de l'Inde. Tout dans cette plage qui borde l'océan Indien ressemble à un paradis, son sable couleur miel, ses rochers d'ambre, ses cocotiers caressés par le vent. Pendant deux décennies, nombre d'Occidentaux y ont déferlé, pipe à opium entre les lèvres. Ceux qui y arrivaient après un voyage éreintant – il fallait traverser en bus, à cheval, en auto-stop et à pied la Turquie, l'Iran, l'Afghanistan et le Pakistan – croyaient arriver au nirvana. Ils n'avaient pas tort. La plage s'étend sur des dizaines de kilomètres, prête à accueillir ces hommes et ces femmes en quête d'un Éden psychédélique. Arrivés presque en loques, les hippies jettent au feu leurs derniers vêtements et vivent nus dans des huttes. Ils n'y ont ni électricité, ni eau courante, ni même argent. La plage doit suffire. L'idéal hippie arrive dans une impasse.

*

Que sont devenus les hippies de Goa ?

Dans *Hippies, drogues et sexe*, Suzanne Labin livre un sombre portrait d'eux. L'autrice, très proche du mouvement, est partie sur leurs traces à la fin des années soixante. Que voit-elle ? Ni colliers de fleurs, ni guitares, ni danses réjouissantes, ni sourires amicaux. Les plages sont désertes, nulle trace de ses anciens amis. Elle a beau arpenter les kilomètres de sable de Goa, elle ne les trouve pas. Ils ont comme disparu avec le vent.

Elle quitte alors le rivage et s'enfonce dans la sombre forêt. Elle y croise un aborigène qui lui indique une direction, là-bas, sous les arbres. Elle découvre une « hutte en forme de ruche ».

> *À l'intérieur, deux couchettes de bois. Pas une table, pas une chaise, pas une affiche psychédélique bariolée, pas un disque pour rompre la monotonie. Ils ont vendu leur tourne-disque en route et les rares qui l'ont encore n'ont même plus envie d'entendre ces airs stridents ou agaçants dont ils ne pouvaient se passer à San Francisco. [...] Ils sont devenus introvertis, misanthropes et sérieux, terriblement sérieux*[1].

Plus loin, elle rencontre un couple de hippies dans une seconde hutte. Lui est atteint de dysenterie, elle a les jambes couvertes d'abcès qui l'immobilisent au sol. Quand Suzanne leur dit que le soleil de la plage leur

---

1. Suzanne Labin, *Hippies, drogue et sexe*, Paris, La Table ronde, 1970.

ferait du bien, l'homme s'écrie : « La plage ! [...] ça fait une éternité que nous n'y sommes pas allés. »

Le rêve se brise.

Tout au bout du chemin hippie, à Goa, le sable est oublié, la musique délaissée, le sexe négligé. Suzanne Labin le constate : « C'est à peine si les couples songent à l'amour. » Les nobles idéaux, nés à Woodstock, sur l'île de Wight ou au sein de la *Sexual Freedom League* sur la côte californienne se sont évaporés dans un nuage de drogue.

Que reste-t-il des hippies ? Rien. C'est peut-être là l'essence même des rêves bâtis sur le sable : ils sont beaux, sensuels, attirants – mais ils s'effacent sous les vagues et le vent.

QUAND LES PLAGES SE VIDENT

Ce matin, je voulais écrire au sujet des plages bondées, où les draps de bain sont à touche-touche, où l'odeur de la mer est chassée par celle de la crème solaire.

Mais ce matin, dans *Libération* est paru un article[1].

Sur les plages d'Odessa, des panneaux *ATTENTION MINES* ont remplacé les baigneurs. Ils étaient trois millions à s'y allonger chaque été. Aujourd'hui, 31 juillet 2022, la foule s'est envolée. Les Ukrainiens n'ont plus le droit d'approcher le rivage. Des barrières et des rubans en plastique rouge et blanc en bloquent les accès. On ne voit plus le long de

1. Stéphane Siohan, « Guerre en Ukraine : Odessa, sur les plages abandonnées », *Libération*, 31 juillet 2022.

la mer Noire que des étendues de sable vides sous un soleil solitaire. La plage, comme le reste du pays, est en guerre. Mais plus qu'ailleurs elle est un enjeu militaire crucial.

Les mines sont là, partout, elles attendent l'invasion russe.

Interdiction également d'aller dans l'eau. Des mines flottent dans la mer et, avec le vent, on ne sait pas jusqu'où elles ont dérivé. Des accidents ont déjà eu lieu. Un bras arraché pour un bain de mer, une jambe pour un bain de soleil.

Alors, sur la plage de Langeron, les « fanatiques[1] » de la plage comme on les surnomme, des personnes âgées qui avaient l'habitude d'aller bronzer sur le sable tôt le matin jusqu'à midi, ont perdu leurs repères. Tetiana, une grand-mère de 62 ans avec son petit-fils, explique : « Sans la mer, on ne peut pas vivre, vous comprenez ! […] Pour nous l'été, c'est se baigner, nager, bronzer, griller du poisson, c'est ça être un vrai Odessiste, alors vous ne pouvez pas savoir ce que c'est triste. »

Impossible de rester chez soi pour ces « fanatiques ». On sort, on va voir la plage

1. *Id.*

comme une vieille amie. Ils étendent leurs serviettes sur les quais, les trottoirs, ils vont au plus près du sable. Pour se donner l'illusion de la baignade, ils jettent des seaux dans la mer depuis les pontons et s'en aspergent le corps. « Ça fait du bien à l'âme », dit Tetiana.

Elle ne semble pas craindre le danger. Dans les rues derrière elle, les sirènes, les alertes au bombardement et les salves de missiles sont devenues quotidiennes. Pourtant, Tetiana est là, devant la plage. Elle a amené Kolya, son petit-fils de cinq ans. « Depuis le début de la guerre, le petit ne veut plus venir à la plage, il a peur des bombardements. Mais ce matin je l'ai obligé car, les mômes, ils ne peuvent pas non plus rester indéfiniment entre quatre murs. »

Malgré la force de sa grand-mère, Kolya se couvre la tête de sa serviette « comme pour se protéger d'un danger invisible ».

Je regarde la mer face à moi. La légèreté de l'été s'évapore tout à coup. Je découvre d'autres articles et une photo prise le 11 juin dernier. À Kiev, le long des plages qui bordent le fleuve Dniepr, au cœur même de la capitale, des familles en maillot de bain se massent sur le sable. Là, il n'y a aucun risque : pas de mines dissimulées dans le sable ou le fleuve. La société des chemins de fer vient d'être visée par des missiles russes, les sirènes hurlent régulièrement mais il fait 34 degrés et les habitants, déprimés, cherchent à oublier un instant la guerre sous les parasols. La plage leur rappelle leur vie d'avant, elle les réconforte, les apaise. Car elle demeure indifférente à l'histoire des hommes. Elle en ignore la temporalité, elle est une frange de terre coupée du monde et de ses turpitudes. On va à la plage comme on entrerait dans un caisson magique où les horloges n'existent plus. Notre enfance et celle de nos enfants s'y mêlent, s'y ressemblent, s'entrelacent. Le vent emporte les cris au loin, la ville s'évapore derrière les châteaux de sable. Pour quelques heures, les conflits armés n'existent plus.

La guerre devient totale, elle s'immisce dans les veines et le corps quand plus aucune échappatoire n'est possible. C'est le cas à Odessa lorsque l'armée ukrainienne a miné les plages. C'était le cas en France pendant la Seconde Guerre mondiale où les côtes de la Manche et de l'Atlantique sont devenues le lieu de tous les dangers. En 1941, les plages passent entièrement sous contrôle allemand et, pour éviter les évasions vers l'Angleterre et prévenir tout débarquement allié, l'occupant crée une zone de dix kilomètres de large entre la rive et l'arrière-pays où tout passage est prohibé. Seuls les pêcheurs et les résidents des villages côtiers ont des laissez-passer.

Finalement, la Libération arrive par cinq plages. Leurs noms sont entrés dans l'Histoire : Utah, Omaha, Gold, Juno et Sword. L'été avec ma mère, nous nous baignons à Omaha. La maison n'est pas loin. Aujourd'hui, on peine à imaginer ce qu'il s'est passé sur ce sable un matin maussade de juin 1944. 150 000 soldats alliés, 10 000 d'entre eux tués ou blessés, 15 nationalités différentes, 7 000 navires, 11 500 avions, 12 000 tonnes de bombes. En face, 50 000 soldats allemands, la moitié perd la vie. C'est l'un des épisodes les plus sanglants de la Seconde Guerre mondiale. *Bloody Omaha*. La mer et le sable rouges de sang pendant des jours.

La mémoire des plages est si courte. Aujourd'hui, les enfants courent et font des châteaux de sable. Les blockhaus et les monuments aux morts jalonnent le paysage, mais l'œil ne les voit plus. Le sable efface tout.

Malgré la Libération, les plages restent désertes jusqu'en 1947 : c'est le temps du déminage. 5 000 prisonniers allemands et quelques milliers de volontaires français vont chercher les bombes pour les neutraliser. Les mines de plage, celles dissimulées dans le sable, sont surnommées « les tombeaux » en raison de leur incroyable puissance destructrice. Ce furent plus de treize millions d'objets explosifs qu'on retira des côtes au prix de 2 000 morts au sein des démineurs.

Encore de nos jours, en Normandie et dans d'autres régions de France, des obus sont découverts sur la grève. En juin 2022, c'était sur la plage de Longues-sur-Mer, quelques jours plus tard sur celle de Saint-Pierre-du-Mont. Étrange irruption du passé sur un sable qui semble n'avoir aucune mémoire. Comme chaque fois les habitants sont évacués, la zone interdite, l'obus détruit. Le lendemain, la plage redevient ce qu'elle a toujours été et se couvre de serviettes.

J'ai toujours eu cette impression que nos serviettes de bain ainsi étalées sur le sable formaient le vêtement curieux et ajouré des plages. Sans lui la plage paraît triste. Les plages d'hiver, sans nos serviettes, sont dépouillées, dénudées.

FAIRE RENAÎTRE LES PLAGES D'UKRAINE

Alors que le littoral ukrainien demeure inaccessible, sillonné uniquement par des armées ennemies, j'ai envie de me plonger dans des guides touristiques pour revivre le temps où les amoureux des plages pouvaient encore y accéder.

Dans mon esprit, je parcours les côtes de la mer Noire et celles de la mer d'Azov. Les plages reprennent vie, les soldats ont déserté. J'échafaude un itinéraire, j'invente des étapes. Voici mon voyage imaginaire en Ukraine.

Le littoral d'Odessa a du succès, mais je ne m'y arrête presque pas, le temps seulement d'observer ces « fanatiques » décrits dans *Libération*. Puis je longe le littoral vers l'est et traverse la ville balnéaire de Fontanka à la côte rocheuse et déchiquetée. De petites maisons simples et des caravanes bordent la route. Je continue. La plage où je veux me baigner se trouve plus loin, au sud du village de Luhove. Là, le sable est assez gros, ça me plaît bien, des morceaux de coquillages blanc et gris restent collés aux pieds mouillés. Devant moi, une mer bleu-vert aux arêtes dorées. C'est la couleur des mers orientées au sud que le soleil illumine toujours d'une manière plus gaie que celles orientées au nord. Derrière moi, deux étangs assez vastes, comme des marais. La plage où je suis est un cordon de sable entre deux eaux. Odessa est loin, la foule n'est pas arrivée jusqu'ici. Seuls les habitants du coin viennent s'y baigner. Des touffes d'oyats débordent des dunes et envahissent le sable. Le long du rivage, je vois un grand bateau blanc qui attend de prendre la mer, une maison aux murs décorés de dauphins bleus et une sorte de phare abritant un centre de loisirs pour enfants.

Le lendemain, je reprends la route. Direction la Crimée. Selon les guides, la côte y est spectaculaire, sauvage. J'arrive tout d'abord dans la petite ville de Balaklava, à la géographie particulière : elle se love au fond d'un fjord à l'eau cristalline. Il faudrait longer les collines qui se jettent dans la mer et rechercher une crique. Ou bien marcher jusqu'à la plage de Vasili où l'on descend par un long escalier métallique.

En bas, dans le déchirement de la montagne, se trouve un havre pour ceux qui aiment s'allonger et bronzer au soleil. À quelques brasses de la côte, d'immenses blocs de pierre couleur miel offrent aux plongeurs de parfaits promontoires d'où ils peuvent observer le rivage. Quelques cabanes au toit bleu et jaune se cachent dans le relief des montagnes.

Il faudrait rester ici jusqu'au soir et revenir le lendemain. À moins que l'on veuille découvrir à quelques kilomètres la plage de Nemetskaya Balka. Elle s'étire le long d'un relief qui rappelle le Grand Canyon américain. Le sable se teinte différemment en fonction des reflets projetés par la falaise : tantôt ocre, tantôt rouille, tantôt rose. Ces variations ressemblent à des changements d'humeur et d'émotion. La plage est vivante. Au pied de la montagne, de grandes touffes de végétation comme des oreillers à la beauté paisible. Ici, je vais dormir.

J'achève mon voyage en roulant jusqu'à la frontière russe. Je m'arrête quelques kilomètres à l'ouest de Marioupol pour découvrir la plage de Babakh-Tarama. C'est une rive sauvage, où s'échouent des branches d'arbres noircies et polies par la mer. On est loin de la civilisation ici. Quelques baigneurs souvent âgés. On se salue en se croisant comme si on était voisins dans un petit village. La bande de sable est étroite, on s'étend, la tête contre les dunes et les pieds au ras de l'eau. Lorsque le soleil brûle, je plonge dans l'eau si transparente que je peux voir mes pieds sur le fond sablonneux. Des poissons me suivent.

Cette dernière plage n'est qu'à quarante kilomètres de Marioupol. J'irais normalement jusque-là prendre l'avion pour rentrer en France.

Mais la ville est détruite.

Les habitants ont fui.

L'aéroport n'existe plus.

Mon voyage n'était qu'imaginaire.

LE CORPS DES PLAGES

LES VAGABONDES

Les plages ont des jambes. Je n'en avais pas conscience avant de retourner sur celle des Grands Sables de l'île de Groix. Quatre ans séparent mes deux visites, et la plage a migré. Elle s'est déplacée vers le nord.

Je prends toujours en photo les plages où je vais. Je forme ainsi une sorte de catalogue. Ce sont alors *mes* plages. En comparant mes photos du printemps 2013 à celles de l'été 2017, le constat est sans appel : la plage est partie se promener le long de la côte. Elle a déplié ses jambes et s'est offert un petit tour d'une centaine de mètres au nord.

Je m'allonge sur ma serviette et rêve à cette anatomie dissimulée dans le sable. Quand décide-t-elle de se dégourdir les jambes ? Profite-t-elle des mois d'hiver quand personne ne s'allonge sur elle pour s'étirer et faire quelques pas de côté ? Ou bien marche-t-elle la nuit quand elle est seule ?

Je pense tout à coup aux tonnes de sable qu'elle déplace à chaque pas, je suis admiratif.

À l'époque de mes visites à Groix, je n'écrivais pas. Je restais sur la plage à contempler. J'y étais tantôt comme sur une plage-chambre, je m'y endormais souvent, tantôt comme sur une plage-salle-de-cinéma où je regardais sans me lasser le film devant moi.

La plage a cette particularité de jouer toujours les mêmes scènes en y apportant malgré tout d'infinies variations. Ces écarts, ces oscillations réjouissent et emplissent l'œil de beauté.

Allongé sur le ventre, j'essaie de sentir le mouvement de la plage, sa migration millimètre après millimètre. Je lis sur Internet que la plage des Grands Sables se déplace au gré de deux courants marins, l'un venant du nord-ouest, l'autre du sud-ouest, favorisant ainsi sa fugue dans la jonction de leur double mouvement. On appelle cela une plage *vagabonde*.

Je ferme les yeux et j'écoute. Ce n'est pas évident au début, les cris des enfants, le bruit du vent recouvrent tout. Puis l'ouïe se fait plus fine, mon corps semble fondre dans le sable et y couler jusqu'à une profondeur inconnue. Là, j'entends ses grains rouler les uns sur les autres. Une grande marche est en cours : on se précipite en bas, dans les tréfonds. Je vois alors ce qui se cache sous nos serviettes : une profusion de pattes qui court et s'agite sans que les baigneurs à la surface s'en aperçoivent. Mais pour qu'un grain de sable remue là-haut, il faut un déchaînement d'énergie dans le sous-sol. Je m'éveille : je ne suis pas sur une surface inerte.

Depuis, où que j'aille sur la côte, je vois le sable en action, la plage mouvante et nomade. Je l'ai déjà dit, elle est un organisme vivant. Si elle veut prendre ses jambes à son cou et se faire la malle en quelques semaines seulement, elle le peut – et elle l'a déjà fait à Santa Barbara en 1936.

Cette disparition subite a fait la une des journaux du pays. L'homme en est l'unique responsable. Dans les années vingt et trente, les plages californiennes, j'en ai déjà parlé, sont aménagées pour un tourisme de luxe qui veut recréer aux États-Unis la beauté de la Riviera méditerranéenne. C'est l'époque de la construction de Venice, cette réplique en toc de la Sérénissime agrémentée de fausses gondoles et de faux canaux. Sans prendre en considération les courants marins, on construit des ports de plaisance et des brise-lames qui bouleversent l'écosystème de la côte en emprisonnant le sable au lieu de le laisser libre de migrer. Les plages situées au sud sont privées de leur recharge naturelle en sédiments et se vident à toute allure. Voici donc ce qui est arrivé à Santa Barbara. La plage, dont la station balnéaire tirait tant de profits, s'est volatilisée au grand dam des commerçants.

Maltraitez la plage, elle s'enfuira. Priez-la de revenir et, si elle vous juge sincèrement repenti, elle répondra peut-être à vos vœux pour réapparaître, trente ans plus tard, comme par miracle. C'est ce qui s'est passé dans un petit village irlandais, situé sur l'île d'Achill. Sa plage, battue pendant des siècles par les violentes tempêtes de l'Atlantique, n'a cessé de s'amincir jusqu'à s'évaporer en 1984. Les villageois l'ont pleurée pendant des années, regardant leur côte vide et dépouillée.

Mise tout à coup à nu, la roche de la grève avait des reflets d'os. Il a fallu faire son deuil.

Puis un mois d'avril 2017, « aux alentours de Pâques, nous avons eu un froid sec et un vent venant du nord », explique le directeur de l'office du tourisme, Sean Molloy[1]. Des millions de tonnes de sable ont fait leur retour, charriés par le courant. La plage en quelques jours avait fait son grand retour et s'étalait de nouveau au pied du village sur plus de 300 mètres de long.

Les plus religieux de l'île parlèrent sûrement d'une résurrection en cette période pascale. Les scientifiques, eux, pensent à un courant exceptionnellement profond qui aurait fait remonter en surface le sable lointain d'une plage sous-marine. Quoi qu'il en soit, les villageois se couchent désormais chaque soir en espérant que leur plage ne fugue pas de nouveau et se réveillent chaque matin émerveillés de la voir toujours là.

1. Jérôme Sage, « Irlande : une plage disparue depuis près de 30 ans refait surface », *Le Parisien*, 10 mai 2017.

UN MONDE SANS PLAGE

Un grand mouvement des plages est aujourd'hui amorcé. Il est visible, et contrairement à celle de l'île d'Achill, celles-ci ne semblent pas près de revenir sagement à leur place. En Catalogne, le phénomène est alarmant. Dans une interview relayée par *La Dépêche*[1], le directeur de l'école de voile de la plage de Montgat raconte : « La moitié de la plage a disparu. Quand j'ai commencé à travailler ici il y a sept ans il y avait 15 mètres de sable en plus avant l'eau. C'est effrayant. »

Le rivage s'érode, le sable fuit.

Pour expliquer cette catastrophe, plusieurs raisons sont avancées. La première est la succession des tempêtes de ces dernières années,

---

1. « Changement climatique : la fin du tourisme de plage en Catalogne ? », *La Dépêche*, 3 novembre 2021.

celle notamment du nom de Gloria qui s'est abattue sur les côtes espagnoles en janvier 2020. En quelques heures seulement, les plages catalanes ont perdu au moins deux mètres de sable, emporté au large. Des vagues de la taille d'un immeuble se sont écrasées sur le littoral recouvert d'une couche d'écume blanchâtre. La violence a été telle que des bâtiments n'ont pas résisté et se sont effondrés. On a déploré des dizaines de morts.

Au lendemain de cette hécatombe, les habitants sont sortis de leurs abris et sont allés au chevet de leurs plages : elles avaient été pour partie amputées. Imaginons la douleur de celui qui a grandi sur l'une d'entre elles, qui y a passé des milliers d'après-midi à jouer, rire, courir sur le sable au point de la considérer comme un membre de la famille, lorsqu'il la découvre au petit matin mutilée sur plus de deux mètres de large.

Les tempêtes ne sont pas les seules responsables. Dans les années soixante, l'Espagne déploie un plan de construction de grands barrages hydroélectriques, empêchant l'écoulement naturel du sable dans les rivières et les fleuves. Paul Morand en est l'un des premiers témoins dans *Bains de mer*. Le sable est dès lors prisonnier dans des bassins artificiels et n'arrive plus sur le rivage. Conséquence : la route du sable est stoppée, les côtes se dégarnissent, elles se décharnent, saison après saison.

Ajoutez à cela le réchauffement climatique, la montée des eaux de quatre millimètres par an et vous obtiendrez ce que Carles Ibañez, directeur du département consacré au changement climatique de l'institut Eurecat, appelle « un tsunami au ralenti ».

C'est ainsi que la plage de Badalona, près de Barcelone, recule de dix mètres chaque année. Il faut se rendre compte du chiffre : dix mètres chaque année. Cela paraît inconcevable et pourtant la Catalogne doit se préparer à un avenir *sans plage.*

Comme un sparadrap posé sur une plaie béante, Barcelone importe quantité de sable et prévoit d'agrandir sa digue. L'effet sera minime et temporaire – on ne retient pas un sable qui vous quitte.

Dans les articles que j'ai lus concernant ces travaux pour lutter contre l'érosion, un mot revient à chaque paragraphe, sur chaque site, dans chaque livre. On remblaie les plages pour les *touristes*, on renforce la digue pour les *touristes*, on protège la côte pour sauver le secteur *touristique*. Si l'on trouve tant d'informations sur la disparition des plages catalanes, c'est que cinq millions de touristes y bronzent chaque été. Et les journalistes ne cessent de rappeler que Barcelone est « la capitale économique de la région ». C'est bien parce que les investissements de loisir sont perturbés et menacés que l'on parle de catastrophe. J'ai lu une phrase effrayante dans un article : « Une grande partie des plages catalanes n'auront plus assez d'espace pour accueillir les visiteurs. » Les plages ne sont plus que des aires où stocker le tourisme de masse.

L'avenir des plages est compromis. C'est une évidence. Au fur et à mesure de mes recherches, j'ai découvert des chiffres glaçants que j'ignorais jusqu'ici. Je les ai notés tout à la fin d'un carnet. Sur la dernière page, comme pour éviter qu'ils ne se mêlent au reste de mes pensées. Je les ai longtemps retenus. Voici le moment de les partager ici.

5 500 kilomètres de plages américaines disparaîtront d'ici à la fin du siècle.

Les plages des Baléares perdront 30 à 50 mètres dans la même période.

En France, 40 % des plages sont déjà en recul. 8 % d'entre elles perdront plus de 100 mètres d'ici à 2100. Les plages bretonnes, normandes et de Nouvelle-Aquitaine seront les premières victimes. (Pensez à votre plage préférée, celle où vous vous baignez chaque été, pensez à la plage de votre enfance, fait-elle plus de 100 mètres de large ? Si ce n'est pas le cas, ses jours sont comptés.)

La moitié des plages d'Australie est menacée d'érosion et le trait de côte pourrait se déplacer localement de 200 mètres sur la façade nord.

Au Pakistan, 80 % des plages disparaîtront.

D'ici à quatre-vingts ans, une plage sur deux sur la planète aura disparu.

En Floride, neuf plages sur dix ont déjà disparu.

Ces chiffres ne sont pas à prendre à la légère, ils proviennent de Michalis Vousdoukas, océanographe-chercheur au Centre commun de recherche de la Commission européenne.

Les plages de Rohmer, de Nanni Moretti, de Boudin ou d'*Alerte à Malibu* n'existeront bientôt plus. Des ingénieurs prévoient déjà le repli de toutes les activités humaines du littoral à l'intérieur des terres. 132 000 kilomètres de côtes pourraient être engloutis au cours de notre siècle. Ce sont des travaux considérables qui façonneront un monde nouveau où la plage ne sera plus qu'un souvenir.

J'ai du mal à l'imaginer. Et pourtant, sur les rives normandes où j'ai passé mon enfance, j'aperçois ces blockhaus allemands construits dans les dunes pendant la Seconde Guerre mondiale. Aujourd'hui, ils sont en partie submergés par les vagues. Il faut voir le bunker du Hourdel à Cayeux-sur-Mer, celui d'Urville-Nacqueville. La mer avance, le processus est en route. Le Mur de l'Atlantique, érigé par les nazis pour empêcher tout débarquement allié, prend l'eau.

Que diront les générations futures du siècle prochain en regardant Arielle Dombasle courir sur le sable de Jullouville dans *Pauline à la plage* ? Que penseront-elles des tableaux d'Eugène Boudin et des portraits proustiens des jeunes filles en fleurs ? Paysage de science-fiction ? Préhistoire ? *Fake news* ?

*

Il y a quelque temps, je suis allé en Sicile avec Christophe. Après avoir manqué le départ du bateau qui allait sur l'île d'Ustica, nous avons cherché une plage non loin de Palerme. Nous avons parcouru des routes englouties par les ordures, dont le macadam était si bien envahi par les détritus que des ralentissements et des goulots d'étranglement se formaient ici et là au point que deux voitures ne pouvaient plus se croiser. Nous avons dépassé la plage de Mondello, trop fréquentée, et sillonné la côte entre Sferracavallo et Torre Muzza.

Nous étions sidérés. Des rives jonchées de poubelles éventrées, de bouteilles en plastique, de cannettes de bière, de boîtes à pizza, de morceaux de polystyrène, d'emballages de chips, de sandwiches, de biscuits, de gâteaux… Et pourtant, au milieu de tout cela, des personnes étendues sur leurs serviettes. La plage de Capacci était, ce jour-là, une déchetterie à ciel ouvert. Les ordures pourrissaient sur le sable et glissaient dans la mer. Des vacanciers, insouciants, aveugles, étaient allongés près de couches-culottes usagées. Toutes sortes de saletés méconnaissables flottaient et s'agitaient dans les vagues. Je ne sais pas ce qui nous a le plus frappés, la pollution ou bien l'indifférence des vacanciers qui continuaient à rire, manger, dormir sur le sable.

Quelques jours plus tard, nous avons traversé l'île du nord vers le sud. Des tas d'ordures ont jalonné notre route. On les trouvait dans les champs, le long des jardins, aux abords des parkings, à l'entrée des villages. Certains prenaient feu spontanément. Des serpents de fumée s'élevaient dans le ciel d'azur. Des passants nous ont expliqué que la fermentation des déchets dégageait une telle chaleur que sous le soleil italien, sans allumette ni briquet, une flamme pouvait surgir sans crier gare. Les Siciliens auxquels nous

nous étions adressés semblaient résignés. Je n'ai pas osé leur parler des plages que nous avions vues. J'aurais trouvé ça grossier.

La Sicile est en train de sombrer sous les ordures. Mauvaise gestion, mafia, problème de comportement individuel. Les ordures envahissent les trottoirs, les rues, les zones abandonnées, jusqu'au rivage.

À cela, il faut ajouter l'activité industrielle, les constructions illégales sur le littoral et le rejet des eaux usées directement dans la mer. L'association environnementale Legambiente analyse chaque année les eaux des plages italiennes et publie un classement des plus polluées. Seize plages de Sicile présentent des charges bactériennes dangereuses pour ceux qui s'y baignent. On y relève une concentration de bactéries d'origine fécale cinquante fois supérieure à ce qu'autorise la législation italienne.

Je n'ai aucune envie de pointer du doigt la Sicile. Le problème est plus général, car toute la Méditerranée est concernée. Mer la plus polluée d'Europe, 600 000 tonnes de plastique y sont déversées chaque année,

34 000 gobelets en plastique par jour… Les fonds marins sont un tapis de poubelle.

Je me suis baigné sur l'île de Milos, en Grèce. C'était une plage non loin de Pachena. Le premier jour, ce fut un paradis. L'eau était limpide, un sable rond et blanc reflétait sous les vagues les rayons du soleil. J'ai écrit là quelques pages de mon premier roman. Le lendemain Christophe et moi y sommes retournés. Il y avait eu du vent pendant la nuit. Nous avons garé la voiture, descendu quelques marches en pierre. On n'a rien remarqué au début. J'avais acheté des fruits et des tartes aux épinards. Au moment d'aller me rafraîchir, j'ai cru voir un banc de méduses translucides. En y regardant de plus près, c'étaient des milliers de débris en plastique que le vent avait rabattus sur le rivage et qui nageaient maintenant devant moi. On est restés immobiles. Non loin, un couple s'enlaçait dans l'eau en ignorant ce qui flottait autour d'eux.

Le soleil tapait sur mes épaules, ma peau cuisait, j'aurais bien voulu moi aussi me baigner. Je suis entré dans l'eau malgré tout en chassant le plastique autour de moi avec de grands gestes amples. Une zone claire et propre s'est créée, je me sentais victorieux. Christophe n'a pas voulu me suivre malgré mes appels, il est retourné s'allonger sur sa serviette. J'ai fait quelques mouvements de brasse jusqu'à ce que quelque chose m'enlace le mollet. J'ai tout de suite pensé à une méduse. Je me suis retourné, j'ai cherché dans l'eau. Nulle trace du corps gélatineux de l'animal, c'était la nasse de déchets qui se refermait sur moi et commençait à couvrir mes bras et mes jambes.

Après la plage-salon, la plage-chambre-à-coucher, la plage-atelier, l'homme a donc créé la plage-dépôt-d'ordures. Et ici risque de s'arrêter l'histoire de notre littoral. Dégoûté, je suis sorti de l'eau et j'ai regardé la plage étouffer.

Il y a deux siècles les fous ont ouvert le bal des bains de mer, notre folie contemporaine y mettra bientôt fin.

SYNDICAT DU CRIME

Je connaissais les trafics illégaux de diamant, d'or, le trafic d'ivoire et de terres rares, mais j'ignorais tout de celui du sable. En Inde, au Bangladesh, au Sénégal, au Maroc, en Australie, et un peu partout sur la planète, on extrait par tonnes le sable des rivières, des fleuves et des plages.

Sous le soleil, le sable a la couleur de l'or, il en a le prix maintenant. Car notre civilisation est affamée de sable, elle y est accro. Ce précieux matériau entre dans la composition du ciment, de l'asphalte, du verre. Pour construire des immeubles, il faut du sable, pour construire les routes qui mènent à ces immeubles, du sable encore, et du sable toujours pour confectionner les smartphones, les puces informatiques, le verre de nos fenêtres…

Notre boulimie est devenue furieuse : la Chine a coulé plus de ciment en trois ans (entre 2011 et 2014) que les États-Unis au cours du XXe siècle. J'ai noté encore d'autres chiffres ahurissants à la fin de mon carnet. D'ici à trois ans par exemple, l'Inde construira 60 millions de nouveaux bâtiments. Mais je n'ai trouvé nulle part à combien de plages anéanties cela correspondait.

L'humanité est devenue une ogresse qui racle les rivières et creuse les plages pour assouvir sa faim. Chaque seconde qui passe représente plus d'une tonne de sable extrait des sols. Un site Internet a mis en place un compteur de son extraction dans le monde « depuis que vous vous êtes connecté ». Les chiffres (en tonnes) défilent si vite qu'on ne peut pas les lire. Il s'agit de 40 milliards de tonnes par an. On est camés au sable. Complètement shootés. On extrait neuf fois plus de sable que de pétrole. Sans lui, c'est tout notre monde qui s'écroule.

Le sable est une question de survie pour certains. Aux Maldives, on en a besoin pour surélever les îles au-dessus du niveau de la mer et éviter la submersion. À Singapour,

pour contenir et loger la population, on étend le territoire en construisant sur la mer. En Inde, au Nigeria, en Indonésie, il sert aux logements, aux écoles, aux routes des milliards d'êtres humains qui naîtront d'ici à la fin du siècle.

Le commerce du sable rapporte : 70 milliards de dollars en 2021. Les trafiquants l'ont bien compris. Un marché noir s'est mis en place. Au Bangladesh, des truands achètent le silence des hommes politiques et des fonctionnaires de police à coups de pots-de-vin. Dans un reportage qu'on peut voir sur Internet, une patrouille passe sans un regard devant des centaines de barges suspectes : elles draguent le fond du Gange, arrachent le sable sans autorisation ni permis, et pour cela elles ne seront jamais inquiétées. Ces bateaux qui aspirent le sable ressemblent à d'horribles criquets. C'est une nuée monstrueuse qui s'est abattue sur le Gange.

Le sable est extrait partout où il se trouve, dans chaque rivière, chaque fleuve. Les conséquences sont importantes : le lit des cours d'eau est rongé jusqu'à l'os, les berges s'effondrent, si bien qu'à chaque nouvelle crue l'eau, ayant perdu ses barrières naturelles, submerge de nouveaux hectares de terre. Des villages sont inondés, des maisons s'écroulent par milliers. À l'embouchure des fleuves, ce sont les plages qui se vident.

Si les villageois protestent, ils sont menacés, battus, assassinés. L'omerta donc : devant la caméra des journalistes, personne n'ose témoigner. Il faut se taire pour survivre. Le Bangladesh ne bénéficie même pas du sable pillé au fond de ses fleuves. Le commerce est mondial et ce qu'on l'on extrait ici est envoyé par cargos à l'autre bout du monde, surtout aux Maldives pour alimenter des travaux titanesques engagés là-bas contre la montée des eaux qui met en péril leur existence même.

Le journaliste Sandeep Khotari enquêtait sur ces exploitations illégales en Inde. En juin 2015, alors qu'il roule à moto sur la route qui mène à Umri, une voiture apparaît dans son rétroviseur. Elle accélère, le prend en chasse, le percute de plein fouet. Sandeep perd le contrôle de la moto et tombe à terre. Son tort, avoir tourné plusieurs reportages sur la mafia du sable. Trois hommes sortent de la voiture et avancent vers lui. Sandeep veut se relever, mais une volée de coups s'abat sur son dos, son ventre, sa tête. Il se recroqueville, aucun cri ne sort de sa gorge. Ses os se brisent. Mais les mafieux décident de ne pas le tuer là, sur le bord de la route. Il faut quelque chose de plus spectaculaire pour dissuader d'autres curieux comme lui de venir mettre le nez dans leurs affaires. *Putains de journalistes !* pensent-ils. Alors ils agrippent Sandeep et le traînent jusqu'à des rails de chemin de fer. Là, un des types met la main dans la poche de son pantalon, il cherche quelque chose. Sandeep, lui, est encore conscient même s'il souffre le martyre. Il regarde la main qui émerge du pantalon, et le briquet qui apparaît.

Le journaliste est brûlé vif – personne ne sera inculpé dans l'affaire.

La péninsule Arabique a du sable, et même beaucoup. Mais ses grains sont trop ronds, ils roulent sur eux-mêmes, on ne peut pas en faire du ciment. Alors des milliers de cargos chargés de sable marin partent d'Australie et sillonnent les mers pour approvisionner Dubaï et sa folie. Pour construire les *Palm*

Islands, ces îles artificielles en forme de palmiers qui abritent des hôtels, des complexes de loisir et des résidences de luxe, 500 millions de tonnes de sable australien ont traversé le globe. Pour satisfaire l'appétit détraqué des millionnaires, on importe du sable dans le désert.

Dubaï est malgré cela devenu l'incarnation d'un monde parfait pour toute une génération abreuvée de vidéos d'influenceurs sur Instagram, tous très fiers de montrer le panorama depuis leur appartement au sommet d'un gratte-ciel. Ce que je vois, moi : des plages ravagées, compactées et dressées à la verticale au milieu du désert.

Aujourd'hui, le pillage n'est plus réservé aux grandes organisations mafieuses. Plus besoin de menacer une population entière ni de corrompre la police. Les petits voyous se sont lancés à la suite des grands trafiquants. Et dans les pays où les moyens d'enrichissement sont rares, voire quasi nuls, on profite de l'aubaine. Deux hommes et une moto suffisent pour se faire un petit pécule.

À Tanger, par exemple, les habitants assistent, écœurés, au dépouillement de leurs plages. Ils ont dû s'habituer la nuit au bruit des motos qui vont et viennent depuis quelques années sur les routes de la côte. Mohamed Hossni, président d'une association environnementale à Tanger, explique : « de jour comme de nuit, mais surtout la nuit, on vient voler du sable. Les voleurs viennent avec des motos à trois roues avec des petites bennes, parfois avec des chevaux et des chariots, et pillent les plages. Ils revendent leur cargaison aux entreprises qui font de la construction[1]. »

Les plages de Tanger rétrécissent à vue d'œil et, au nord du pays, elles disparaissent quasiment. Les anciens ont vu des dunes que les nouvelles générations ne connaissent même pas. Pendant ce temps, les autorités ferment les yeux et laissent le sable se volatiliser. Les responsables ne sont ni dérangés ni inquiétés malgré la loi en vigueur au Maroc.

Un espoir est né malgré tout en Sardaigne, qui affronte des problèmes similaires. En 2019,

1. Séraphine Charpentier, « Au Maroc, le business des voleurs de sable », TV5 Monde, 24 décembre 2021.

à Cabras, des associations de volontaires ont posté sur les plages des « gardiens du sable » dont la mission est d'empêcher toute tentative de vol. L'opération, selon la presse italienne, porte ses fruits et les vols se font plus rares. On ne peut qu'espérer que ce système de surveillance se généralise aux endroits sensibles du littoral.

Et puis une image me vient, désolante : moi, étendu au soleil entre deux gardiens chargés de s'assurer que je ne reparte pas avec une bouteille remplie de sable.

J'aurais dû nommer ce chapitre *Le corps supplicié des plages.*

INVENTAIRE

Les plages sont comme les baleines bleues, les poissons-lunes ou les tigres blancs : en voie d'extinction. Je me sens impuissant face à la catastrophe annoncée et j'envie l'insouciance de Paul Morand qui dans *Bains publics* rend hommage avec une joie d'enfant à tous les endroits du monde où il s'était jeté à l'eau.

J'aimerais l'imiter et célébrer non pas les plages que j'ai connues et sur lesquelles je me suis étendu, mais celles que je n'ai encore jamais vues, que je rêverais d'arpenter et qui se volatiliseront peut-être un jour.

Sur la plage de Kaihalulu, à Hawaï, les pieds, le ventre et tout le corps roulé dans un sable rouge,

Sur la plage de Niaqornat, au Groenland, où je regarderai dériver les icebergs hauts comme des buildings,

Sur la Blue Heaven Beach, en Australie, adossé à une falaise douce comme un drap de coton,

Sur la plage de Miami, à l'ombre des gratte-ciel,

Sur la plage de Puerto Chicama, au Pérou, les vagues y sont les plus longues du monde,

Sur le sable de la baie Babouchka, et partir me baigner dans l'eau glacée du lac Baïkal,

Sur la plage de la Chaussée des géants, en Irlande, où je sauterai à cloche-pied de ruche en ruche,

Sur les rochers en forme de pelote de laine qui ont roulé jusque sur les plages du lac Malawi,

Sur la Pfeiffer Beach, en Californie, et dormir, une joue posée sur son sable mauve,

Sur l'une des plages noires de l'île du Crozet, une centaine de manchots me tiendra compagnie,

Sur la plage de Nosy Iranja, à Madagascar, pour passer à marée basse d'un îlot à l'autre,

Sur le sable de la baie du Trésor, en Martinique, les gorgones rouges dansent sous les vagues,

Sur la plage de Nagata Inaka-hama, au Japon, et bronzer parmi les grandes tortues caouannes,

Sur la plage d'Hauckland, en Norvège, qui s'étire trois cents kilomètres au nord du cercle polaire,

Sur la plage de Khanom, en Thaïlande, pour voir les ailerons des dauphins roses fendre la mer,

Sur la plage du Savoyard, à Saint-Pierre-et-Miquelon, où les habitants se baignent avec bonheur, à l'abri des vents du nord.

AU SEUIL DE L'AU-DELÀ

J'ai écrit une scène de meurtre alors que je me trouvais sur une plage de Milos. Un groupe de prostituées, des bacchantes contemporaines, assassine un homme. C'était la fin de mon roman. La plage était au fond d'une crique, les rochers alternaient avec les bancs de sable. J'étais adossé à un rocher pour écrire, Christophe a pris une photo de ce moment. Le point final, je l'ai tracé sur mon cahier le 20 juillet 2017. Je retiens cette date parce que le lendemain il y a eu un séisme dans les îles du Dodécanèse. À Milos, on ne l'a pas senti, c'était la nuit. Mais au réveil le paysage avait changé. La mer avait subitement monté et les plages du nord avaient toutes été englouties par les flots.

Aux infos, on disait que l'île de Kos avait été particulièrement touchée. Il y avait même eu des morts. Des vidéos tournaient sur les réseaux sociaux. Je ne sais pas si c'est un effet du séisme, mais le vent soufflait fort ce jour-là. On a pris la voiture et longé la côte sans rien reconnaître. On s'est arrêtés près de la plage où j'avais mis le point final. Elle s'était dissoute. La mer, poussée par le vent, la recouvrait sur plus d'un mètre. Difficile d'imaginer que la veille j'écrivais là.

Un instant j'ai cru que le fait d'y avoir tué mon personnage avait provoqué cette catastrophe, comme si l'horreur du papier avait glissé dans la mer.

Milos avait des allures de Toussaint. Ciel gris, rives avalées. Je sentais que la mort n'était pas loin.

Il a fallu deux jours pour que la mer recule et découvre les plages. Le sable ne portait aucun stigmate de ce qui s'était passé, il revêtait son éternel visage de vierge. L'oubli était brutal. Dans l'Antiquité, on recouvrait le sol du Colisée de sable entre les combats pour qu'il boive le sang des gladiateurs et des bêtes féroces qui s'y était déversé. Après chaque lutte, une nouvelle couche de sable, et les souvenirs de l'horreur s'évanouissaient.

Combien de naufrages rendus invisibles par le ressac ?

S'il n'y avait pas des témoignages, des récits et des photos, les plages continueraient à nous faire croire que rien ne s'y est jamais passé, qu'elles n'ont rien vu ni rien entendu, que la mort leur est si étrangère qu'elles peuvent briller, insouciantes, au premier rayon de soleil. Mais les plages mentent. Henry David Thoreau, dans *Cap Cod*, rétablit leur vérité :

> *[…] en arrivant à Boston, nous découvrîmes que le steamer pour Provincetown […] n'était pas encore arrivé. Cela, en raison d'une violente tempête. Avisant dans les rues une affiche annonçant, en capitales : « La mort frappe ! Cent quarante-cinq disparus à Cohasset ! », nous décidâmes de prendre le chemin de Cohasset. Le train était plein d'Irlandais, partant identifier les corps, réconforter les survivants et assister aux funérailles, prévues pour l'après-midi même. […] En passant devant le cimetière, nous vîmes un grand trou, pareil à une cave, qu'on venait de creuser, et juste avant d'atteindre le rivage, par une route rocailleuse […], nous croisâmes plusieurs charrettes à foin remontant de la plage pour se diriger vers l'église, chargée chacune de trois grandes boîtes en planches mal équarries. Inutile de demander ce qu'elles contenaient : les propriétaires de ces charrettes s'étaient transformés en entrepreneurs*

de pompes funèbres. De nombreux chevaux, attelés à des voitures, étaient attachés aux clôtures près du rivage et, sur un mille ou plus, à droite et à gauche, la plage était couverte de gens qui recherchaient des cadavres ou examinaient les débris du naufrage.

Allez donc dans le Massachusetts, partez explorer le Cap Cod, vous n'y trouverez plus aucune trace de ce naufrage. Le sable, comme au Colisée, en a effacé toutes les traces. Et la plage est prête pour une nouvelle tragédie.

Thoreau a fait plusieurs voyages dans cette région entre 1849 et 1855 pour s'imprégner des lieux. Il a arpenté ces côtes une douzaine de fois et s'est familiarisé avec ceux qui la peuplaient. Nul baigneur à l'époque, mais des collecteurs de bois flottants, des récolteurs d'algues et « des ramasseurs d'épaves ». Les premiers les parcourent pour trouver de quoi se chauffer l'hiver, les deuxièmes de quoi faire du fumier, tandis que les troisièmes vident les poches des noyés qui ont eu le malheur de s'échouer. Tous marchent tête baissée, attentifs, fouillant les rochers et le sable avec une pique.

La plage, décrite par Thoreau, n'a rien à voir avec celle que nous connaissons, légère et folâtre. Elle vibre sous l'effet d'une transcendance.

Une autre fois, j'ai eu pour mission d'aller chercher les restes d'un corps humain qui venait d'être rejeté au rivage, mutilé par les requins, une semaine après le naufrage. [...] je le trouvais à un mille ou deux de distance, sur le sable [...] De près, [...] ce n'était plus qu'une poignée d'ossements avec, çà et là, de la chair qui y adhérait encore : à peine un petit monticule sur la vaste courbe du rivage, rien de particulièrement remarquable, rien qui fît grand effet, ni sur les sens ni sur l'imagination. Et pourtant, plus je restais debout près de ces ossements et plus ils devenaient imposants : ils étaient là, solitaires, face à la plage et la mer, dont le rugissement semblait s'adresser à eux. J'eus l'impression qu'il y avait entre eux et l'océan une compréhension qui me tenait à l'écart, moi et ma sympathie larmoyante. Ce cadavre avait pris possession de la plage et régnait sur elle comme aucun vivant n'aurait pu le faire, avec une majesté qui lui appartenait en propre.

Je regarde sur mon téléphone des photos des plages du Cap Cod. Elles ressemblent à celles de la Manche, ce sont de grandes étendues beiges et molles ourlées d'un cordon de dunes piquées d'oyats. Où le cadavre trouvé par Thoreau avait-il exactement échoué ? Je fais défiler les photos. Je ne le saurai jamais. Si Thoreau ne l'avait pas écrit, personne ne l'aurait jamais su. Pourtant, quelque chose de sa « majesté » doit demeurer dans l'air… Un peu plus tôt, face à un autre noyé, Thoreau écrit :

> *Je compris que, pour un marcheur solitaire, c'est la beauté de cette grève qui serait naufragée – jusqu'à ce qu'il parvienne à percevoir que des naufrages comme celui qui venait d'avoir lieu l'augmentaient au contraire, en faisaient une beauté plus rare, plus sublime.*

La plage trouve donc sa forme la plus élevée lorsqu'elle révèle aux yeux des marcheurs ses attaches invisibles avec l'Au-delà. Car la mort y rôde. Pour la voir, il suffit de changer d'optique. Au microscope, le sable merveilleusement blanc des atolls est composé en grande partie de squelettes concassés. On croit poser sa serviette au milieu d'un paradis, on s'allonge en réalité sur un ossuaire.

*

À travers l'objectif de l'appareil de Nilüfer Demir, une photographe turque, la plage grimace davantage et pétrifie le monde entier en un seul cliché qui fait le tour du monde en seulement quelques heures. Le 2 septembre 2015, vêtu d'un T-shirt rouge et d'un bermuda bleu, le petit Aylan est retrouvé mort à l'aube, allongé sur le sable comme s'il dormait, le visage plongé dans l'eau.

Dès lors, impossible d'oublier que « la Méditerranée est devenue le plus grand cimetière du monde[1] ». La Manche en prend la voie. Les plages se sont faites lits de mort.

La famille d'Aylan est syrienne. Après avoir atteint le rivage turc, elle voulait traverser la mer et débarquer à Kos, porte d'entrée de l'Europe. C'est près de cette île qu'a eu lieu le séisme dont je parlais plus haut. En pleine nuit, l'embarcation a fait naufrage. Seul le père a survécu, il a regagné la côte à la nage. Sa femme, Aylan et son grand frère se sont tous les trois noyés.

Abdullah Kurdi, le père, a déclaré : « Après la mort de ma famille, les politiciens ont dit :

---

1. Expression du géographe Olivier Clochard, propos recueillis par Cécile Réto, « La Méditerranée est devenue le plus grand cimetière du monde », *Ouest-France*, 7 juin 2018.

"Plus jamais !" Tous voulaient absolument faire quelque chose… Mais que se passe-t-il maintenant ? Les morts continuent et personne ne fait rien[1]. »

Sur les dunes qui bordent la Manche, les douaniers français cherchent à débusquer les migrants. Ils trouvent les traces de leurs campements éphémères enfouis dans le sable, bidons d'essence, gilets de sauvetage, sacs à dos, vêtements, couvertures, briques de lait… Souvent ils découvrent des canots gonflables qu'ils détruisent systématiquement. S'ils trouvent des flotteurs, ils les lacèrent. Les vivres cachés ici ou là dans les hautes herbes des dunes, ils les emportent.

Presque chaque nuit, les migrants tentent de prendre la mer d'assaut. S'ils sont empêchés par les douaniers ou arrêtés par la mauvaise mer, on les voit errer sur les plages ou dans les rues de Calais ou de Boulogne. Dans les dunes, migrants et gendarmes jouent au jeu du chat et de la souris. En 2021, 50 000 personnes ont tenté

1. « Migrants : le père d'Aylan a enterré sa famille en Syrie », France Info, 4 septembre 2015.

de traverser la Manche pour rejoindre l'Angleterre.

Sur la plage d'Oye, les gendarmes patrouillent toutes les nuits. Il y a quelques années encore, les migrants ne jetaient leurs canots dans les eaux que sous la pleine lune, par temps calme. Aujourd'hui, désespérés, ils méprisent les nuits noires de tempête et courent toujours plus de risques. Alors les douaniers fouillent les ronces, les oyats et les buissons. Ils vont même là où personne n'était descendu depuis plus de soixante-dix ans : les blockhaus allemands de la Seconde Guerre mondiale que les migrants transforment en refuge sommaire. C'est là qu'on retrouve des provisions abandonnées.

Si l'on échappe à la surveillance des douaniers, on gonfle à la hâte son embarcation. On attend toujours la dernière minute pour être le plus discret possible. Les passeurs sont là, on les a payés cher, très cher, jusqu'à 5 000 euros rassemblés sou après sou. Le canot peut contenir huit personnes. On est vingt. On ne pose pas de question et, au signal, on court sur la plage. On court pour qu'on ne nous voie pas et on s'entasse à bord.

Le moteur est installé, si les douaniers sont à proximité, ils nous entendront, c'est sûr. Dans le choc des premières vagues, la moitié d'entre nous perd l'équilibre et manque de passer par-dessus bord. De l'eau remplit le fond du bateau, on nous dit d'écoper. On écope. On gagne enfin le large. Partout autour de nous, la nuit a avalé le monde. Ce n'est la première tentative pour personne ici, nous avons tous déjà échoué au moins une fois. On ne parle pas, on écoute le cahotement du moteur. Certains sont en train de compter : il y a moins de gilets de sauvetage que de personnes à bord.

*

Ces migrants attendent un miracle. Ils connaîtront peut-être l'enfer. Dans *La Divine Comédie*, Dante dessine une géographie très particulière du purgatoire : il s'agit d'une île qu'on n'atteint qu'en barque. Elle est ceinte d'une plage où Caton d'Utique attend les âmes des morts pour les accueillir dans l'Au-delà.

Les naufragés passent d'une plage à l'autre, en suivant un chemin de sable. Ingmar Bergman dans son film *Le Septième Sceau* l'a très bien mis en scène. Un chevalier, revenu des Croisades, reçoit la visite de la Mort alors qu'il se trouve sur une plage. La Mort est drapée de noir. Le chevalier apprend que son heure est venue, c'est la fin. Mais avec audace il tente de déjouer son destin et, pour gagner du temps sur l'ombre qui va s'abattre sur lui, il défie la Mort aux échecs. Il lui dit : « Tant que je résiste, je vis. Et si je gagne, tu me libères. »

La plage de Bergman devient le lieu d'un combat entre la vie et la mort, où le personnage devra répondre à des questions existentielles : Dieu existe-t-il ? Y a-t-il un sens à la vie ou tout n'est-il que néant ?

La partie d'échecs n'aurait pas pu se jouer ailleurs. Dernière limite du monde avant l'Au-delà illimité, la plage est une zone intermédiaire entre le terrestre et le spirituel, entre la damnation et le miracle. Car l'homme sur le rivage du monde est observé par des forces gigantesques.

Une preuve se trouve dans le Nouveau Testament. Simon est un pêcheur de Galilée. Depuis plusieurs jours, lui et ses amis rentrent chez eux le bateau vide. Comment nourrir leur famille ? Mais Simon ne se décourage pas, ils embarquent une fois encore et jettent leurs filets dans l'eau profonde, ils y passent la nuit sans jamais rien pêcher. À l'aube, un homme apparaît sur une plage du lac de Tibériade. C'est Jésus.

> *Il leur dit : « Jetez le filet à droite de la barque, et vous trouverez. » Ils jetèrent donc le filet, et cette fois ils n'arrivaient pas à le tirer, tellement il y avait de poissons*[1].

Grève miraculeuse où Jésus multiplia les poissons.

Sur la plage s'ouvrent des portails par lesquels l'homme entre en contact avec plus grand que lui. La Mort ou Dieu. Comme dans une partie d'échecs, il peut gagner ou perdre, être touché par la grâce ou s'abîmer dans le néant. Mais quelle qu'en soit l'issue, la vie y atteint un degré d'intensité inédit. C'est peut-être cela, après tout, qui nous attire, été après été, mystérieusement, sur les plages du monde entier.

---

1. Jean 21, 1-7.

***

La plage est un paradoxe.

Géographiquement en lisière, elle est le boulevard du monde. Toute notre société s'y retrouve : des fous, des dépressifs, des névrosés, des scrofuleux, des poètes, des peintres, des duchesses, des rêveurs, des amants, des pop-stars, des Vénus, des fantômes, des dormeurs, des mangeurs, des dragueurs, des homos, des nudistes, des prostituées, des révolutionnaires, des utopistes, des soldats, des industriels, des promoteurs, des voyous, des mafieux, des pilleurs, des migrants, des apôtres…

La plage est une sirène qui chante et nous attire jusqu'au bord du monde où nous nous retrouvons désaxés, décentrés, à sa merci. Tout peut nous y arriver. L'histoire en est le témoin, et pourtant nous y venons avec une insouciance désarmante. Comme si notre mémoire s'était vidée, que l'on ignorait les romans, les naufrages, les scandales, les journaux, on pense s'y délasser, s'y divertir. L'expérience sera bien plus intense.

La plage nous transforme, d'abord en arrêtant la marche du temps. Puis elle se change en un vase : nous coulons en elle nos pensées liquides, nos émotions fluides. Paysage et esprit voyagent, l'un prend la place de l'autre dans un jeu d'inversion. Nous pouvons nous voir tels que nous ne l'avons encore jamais fait. Et nous nous contemplons.

Dès lors, elle offre mille bifurcations à ceux qui sont tombés dans ses filets : l'art, la séduction, l'amour, la guérison, l'illumination, le sexe, le mirage, le gain, la liberté, la guerre, la mort… Tout y est possible car la plage est dotée de mille pouvoirs.

Souvent les artistes n'ont su voir que l'un d'entre eux. Thomas Mann est l'un des seuls à avoir senti toute l'étendue de sa puissance. Dans la nouvelle *La Mort à Venise*, adaptée au cinéma par Luchino Visconti, il met en scène Gustav von Aschenbach, troublé par la beauté tout apollonienne d'un jeune adolescent, Tadzio. Rencontres muettes, jeux de regards, la plage est le décor de l'amour – pouvoir sentimental et érotique.

L'homme troublé n'est pas n'importe qui, c'est un écrivain chez Thomas Mann, un compositeur chez Visconti : un artiste en somme. Et son œil, sur la plage, esthétise Tadzio, créature des Beaux-Arts pour l'un, sculpture de Michel-Ange pour l'autre – pouvoir artistique, créateur même.

La plage n'a pas choisi n'importe quel être aimé : c'est un garçon, mineur qui plus est. Dans la société bourgeoise et corsetée de l'époque, c'est inconcevable. Katia Mann a d'ailleurs confié que son mari Thomas avait succombé à la même passion sur le sable du Lido au grand dam de la famille. La plage et son pouvoir transgressif.

Quand la fascination et l'obsession prennent le pas sur l'amour, Tadzio se fait mirage et fantôme errant. Il apparaît dans les gondoles, les *calli* de Venise – pouvoir hallucinatoire.

Enfin, la mort frappe la lagune par l'intermédiaire d'une épidémie de choléra. Le héros, gravement malade, échoue sur la plage du Lido. Là, il contemple une dernière fois dans la mer la silhouette de Tadzio jaillie comme de l'Au-delà. L'adolescent devient Charon et les portes des Enfers s'ouvrent sur la plage. Aschenbach ferme les yeux chez Thomas Mann, un filet de sang coule le long de son visage chez Visconti. Il est mort – pouvoir létal.

Ainsi donc, sur cette bordure du monde, spirituel et charnel se mêlent l'un à l'autre, tandis qu'Éros et Thanatos s'enlacent dans une lutte sensuelle. C'est cela que nous contemplons sans le savoir, et qui nous rend si silencieux. L'esprit se fige dans un vertige, puis il dérive lentement, et flotte quelque part entre les dunes, la mer et le ciel.

Quand on quitte la plage, on ne se souvient de rien. Les souvenirs sont brouillés, les pensées confuses. Mais on sourit, car la vie tout à coup est devenue plus éclatante.

pca
cmb
édition pré-presse
livres numériques

44400 Rezé

IMPRIM'VERT®

Achevé d'imprimer
en mars 2023
par Corlet Imprimeur
14110 Condé-en-Normandie

Dépôt légal : mars 2023
N° d'imprimeur : 23030040
Imprimé en France